Wilhelm Scherer

Karl Müllenhoff: Ein Lebensbild

Wilhelm Scherer

Karl Müllenhoff: Ein Lebensbild

ISBN/EAN: 9783743301641

Hergestellt in Europa, USA, Kanada, Australien, Japan

Cover: Foto ©Raphael Reischuk / pixelio.de

Wilhelm Scherer

Karl Müllenhoff: Ein Lebensbild

Karl Müllenhoff.

Ein Lebensbild

von

Wilhelm Scherer.

Berlin.

Weidmannsche Buchhandlung.

1896.

Karl Müllenhoff.

Ein Lebensbild

von

Wilhelm Scherer.

Berlin.
Weidmannsche Buchhandlung.
1896.

Vorwort.

Das Lebensbild seines Lehrers, Freundes und Kollegen hat Scherer nach dem Sommersemester 1884 in Einem Zuge gezeichnet, aus den so charakteristischen Blättern des Vaters, aus den ihm für diesen Zweck von Müllenhoffs altem Lehrer Kolster mitgetheilten warmherzigen Erinnerungen, aus Tagebüchern und Briefwechseln seine eigene in vieljährigem Verkehr gewonnene reiche und liebevolle Kenntniß ergänzend. Durch unvorhergesehene Umstände verzögert, erscheint das längst angekündigte Büchlein nun endlich so, wie es schon 1886 hätte ans Licht treten können. Der sonst druckfertig hinterlassenen Schrift fehlt das letzte Kapitel. Müllenhoffs großes Lebenswerk, die „Deutsche Alterthumskunde", ist von ihm nicht abgeschlossen worden. Scherer selbst hatte sich, mit starker Ueberwindung eigene Pläne zurückschiebend, an der Spitze jüngerer Gehilfen zur Fortführung auf Grund des Nachlasses verpflichtet und die einleitenden Schritte dazu gethan. Das Schlußkapitel dieser Biographie sollte die auch in ihrer Unfertigkeit großartige Alterthumskunde, den reichen Ertrag eines schweren Gelehrtenlebens, zusammenfassend darlegen und mit der Trauer um den Verlorenen und das Verlorene zugleich zum Ausdruck bringen, was geleistet ist und dauern wird. Auch hier ist der Tod dazwischen getreten. Einen annähernden Ersatz gewährt die als Beilage abgedruckte Gedächtnißrede, die Scherer in der Berliner Akademie der Wissenschaften am 3. Juli 1884 dem Verstorbenen gehalten hat.

Inhalt.

———

Karl Müllenhoff.

Erstes Kapitel.

Knabenjahre.

Un dufti steit de Saat,
Un du liggst still, du Ländeken stolt,
In all din Pracht und Staat ....
Un äwer dat Feld blöh Hecken un Dorn,
Un de Marsch war wit un stumm ....
Un klingt dat deep as Klocken derher,
Hör to! denn bruft dat Haf!

Zu diesen Versen aus dem Quickborn, in denen der
Dichter sein Vaterland preist, hat Karl Müllenhoff die
Erläuterung geschrieben. Er schildert die Marsch wie
folgt: 'Keinen Strauch und Baum sieht man auf der
weiten Fläche als bei den Wohnungen der Menschen,
von Menschenhand gepflanzt, kein Hügel erhebt sich als
die von den ersten Siedlern als Zuflucht vor den Fluthen
aufgeworfenen Wurthen, auf denen die Dörfer und Höfe
ältester Anlage liegen, und dann im Westen gegen das
Meer in endloser einförmiger Linie sich hinziehend der
Deich, der jetzt das Land vor dem Andrang der Fluth
schützt. Aber man muß es sehen in seiner Pracht, wenn

1*

die Rappsaat blüht und so weit das Auge reicht, der
goldne Schimmer mit dem bald hellern, bald dunklern
Grün der verschiedenen Kornarten und der Weidetriften
wechselt, oder wenn der Duft der Bohnenblüthe die Luft
erfüllt und schon das Korn mit schweren Aehren sich
hoch über Mannes Höhe erhebt.' . . . . 'So weit das Meer
die Abflächung der Ufer bei der Ebbe bloß legt, bei der
Fluth bedeckt, reicht das Haff, dessen Brandung und
Rauschen an stillen Abenden meilenweit ins Land gehört
wird, ein wundersamer, unvergeßlicher Ton für jeden
der ihn in seiner Jugend oft allnächtlich vernommen'.

Es redet hier ein Mann aus eigener Erinnerung,
die tief in seiner Seele nachzittert. Denn der Dichter
des Quickborn und der Verfasser der Deutschen Alter=
thumskunde sind Landsleute, jener in Norderdithmarschen,
dieser in Süderdithmarschen geboren.

Karl Victor Müllenhoff hat am 8. September 1818
zu Marne das Licht der Welt erblickt. Er war der Sohn
des Kaufmanns Johann Anton Müllenhoff, der von
drei Frauen zweiundzwanzig Kinder hatte. Karl stammte
aus der ersten Ehe, und da ein älterer Bruder wenige
Tage nach der Geburt starb, so war er der älteste in der
langen Reihe. Es begegnete ihm einmal in späteren
Jahren, daß in Kiel auf der Straße ein junges Mädchen
auf ihn zukam und ihm die Hand bot: 'Guten Tag,
Karl!' Er betrachtete sie einen Augenblick: 'Ja', sagte
er, 'daß du meine Schwester bist, das sehe ich wohl;
aber wie du heißt, weiß ich nicht'.

Seine frühste Erinnerung knüpfte sich an den Tod eines jüngeren Brüderchens. Die verdunkelte Stube, die kleine Leiche aufgebahrt in der Mitte, die Mutter weinend im Sopha, der Vater, der sich den Hut von dem Nagel an der Thür langte und nach einem gesprochenen Vaterunser den kleinen Sarg unter den Arm nahm und fort trug, das alles blieb ihm zeitlebens unvergeßlich, obgleich er erst dritthalb Jahr alt war, da es sich zutrug.

Vier Jahre später, am 15. Mai 1825, verlor er seine Mutter; sie war nur 25 Jahre alt geworden.[1]

Zu dem Vater hatte er ein nahes, inniges, zutrauensvolles Verhältniß, und wir erkennen, daß er wesentliche Züge des Charakters mit ihm theilte. Nur, während der Sohn seinen Beruf innerhalb der beschaulichen Lebenssphäre finden sollte, steckte der Vater ganz in der thätigen; und während der Sohn in den Mannesjahren vorwiegend ernst ward und das Leben schwer nahm, blieb dem Vater eine heitere Energie und fröhliche Sicherheit bis zu seinem Tode getreu. Er war politisch und religiös ein Liberaler, Feind des Despotismus und des Mysticismus, muthig, unternehmend, voll von Vaterlandsliebe und Gemeingeist, stets bereit zuzugreifen, wo es ein öffentliches Interesse galt. Hatte er dabei einen Verlust, so sagte er heiter: 'Dat binn ik

---

[1] Müllenhoff schrieb mir am 27. Februar 1864 von einem Balle bei Haupt: er habe das Tanzen nur einige Male versucht, obgleich es ihm noch immer Freude mache: 'Ich habe das von meiner schönen Mutter geerbt, die sich zu Tode getanzt'.

mi an't Been'.[1]) Ueberall verlangte man seinen Rath
und war sicher, daß er den besten zu geben wußte. Auf
die Frage 'wer ist allmächtig?' antwortete ein Schul=
kind von Marne: 'de ol Müllenhoff'.

Sein Antheil an öffentlichen Dingen beschränkte sich
aber nicht auf praktische Zwecke. Als Dahlmann zur
Zeit seiner Wirksamkeit. in Kiel die ditmarsche Chronik
des Neocorus herausgab, da war Johann Anton Müllenhoff
unter den Subscribenten. Und von Dahlmanns Vor=
lesungen über vaterländische Geschichte verschaffte er sich
in den dreißiger Jahren mehrere Hefte, aus denen er
sich eine wunderschöne saubere Abschrift zusammenstellte.

Er war bei einer sehr regen Intelligenz ehrgeizig für
sich und die Seinen und suchte durch Strenge und Liebe,
durch Tadel und Lob seine Söhne zu einem hohen
Streben anzufeuern. Dem Vater Ehre zu machen, ward
eine der stärksten Triebfedern von Karl Müllenhoffs
Jugend. Wie dieser Trieb geweckt wurde, davon legen
die Briefe des Alten charakteristisches Zeugniß ab.

Karl besuchte anfangs die Volksschule zu Marne und
erhielt den ersten Unterricht im Lateinischen und Griechischen
von einem Candidaten der Theologie, dem nachmaligen
Pastor Nehlsen in Wesselburen. Ostern 1830 kam er auf
die gelehrte Schule in Meldorf. Zu Ostern 1831 ward
er — nicht nach Secunda versetzt, meldete es nach Hause

---

[1]) Diese Redensart ist alt. Walther von der Vogelweide
(101, 31) sagt: min leit bant ich ze beine, d. h. ich machte mir
nichts daraus.

und empfing darüber eine Vermahnung seines Vaters,
welche so beginnt: 'Karl! Karl! Welch einen Brief habe
ich von Dir erhalten müssen! Welch einen schrecklichen
Tag hast Du mir bereitet, oder vielmehr welche Tage! —
Gestern hörte ich von Matthies Ahrens, daß ihr, Hanssen,
Bünz und Du, alle drei nach Secunda versetzt wäret, —
heute Morgen beim Aufstehen finde ich Deinen Brief! —
Als ich gestern die Nachricht erhielt, ja! ich will Dirs
nicht verhehlen, sie freute mich, obwohl mir wieder
bangte, daß man Euch nur hätte übergehen lassen, um
ein paar Schüler mehr in Secunda zu haben, und ich
würde völlig zufrieden mit Euch gewesen sein, wäret Ihr
nicht versetzt worden. Daß aber Bünz versetzt ist, und
— es ist für mich ein schreckliches Wort, — Du, mein
bisheriger Liebling, meine Freude und mein Stolz, —
Du nicht! — o Karl! das ist eine Kränkung, die Du
mir zufügst, wie noch keine menschliche Seele sie so bitter
mir zugefügt hat! — Das Verkennen der Bessern meiner
Mitbürger im vorigen Herbst bei der Predigerwahl, und
das beleidigende Urtheil mancher Freunde damals[1]) hat
mich so tief nicht gekränkt! Der Verlust Dieksands hat

---

[1]) Diese mir unbekannte Kränkung oder Zurücksetzung hing ohne
Zweifel damit zusammen, daß der alte Müllenhoff Katholik war.
Obgleich er sich als Protestanten fühlte, protestantische Frauen
heirathete und seine Kinder als Protestanten aufwachsen ließ, be-
trachteten ihn seine Mitbürger in kirchlichen Dingen doch nicht
ganz als ihres gleichen. Man wird darüber wie über den Verlust Dieksands, auf den er anspielt, noch unten in dem Berichte
Kolsters eine Bemerkung finden.

selbst in dem ersten Augenblick mir keine Thräne des
Kummers ausgepreßt! — Aber, frage Deine Mutter,
frage Eduard[1]), wie schmerzlich, wie bitter ich geweint
habe über Dich! — Ja, noch in diesem Augenblicke
tröpfeln die Thränen des gereizten, tief gekränkten Ge-
fühls, des Stolzes, den ich bisher fühlte, wenn ich Deiner
gedachte, auf dies Blatt. Und solchen bittern Schmerz
bereitet mir mein Liebling! — Karl, könntest Du in
meiner Seele lesen, Du würdest Dich selbst verurtheilen!'

Er wirft ihm Trägheit vor: Talent habe er, aber an
Fleiß fehle es ihm. Er droht, ihn künftig strenger zu
behandeln und in Gemeinschaft mit seinen Lehrern ihn
zu einer anderen Art des Arbeitens zu zwingen. Wenn
alles nichts helfe, so werde er sich gezwungen sehen, ihn
von seiner bisherigen Laufbahn zu entfernen. Die nächste
Zukunft müsse entscheiden, ob er an ihm einen Sohn
haben solle, wie er ihn hoffte, oder einen des gewöhnlichen
Schlages, die an der Erde fortkriechen, ohne zum Höheren
hinzustreben. 'Etwas Mittelmäßiges, Alltägliches', ruft
er ihm zu, 'will ich nun einmal von Dir nicht, da ich
glaube berechtigt zu sein, mehr zu erwarten und deshalb
zu fordern!'

Auch wenn er mit dem Sohne ganz zufrieden ist,
beschwört er ihn, nur kein Halbwisser und Halbgelehrter

---

[1]) Müllenhoffs jüngerer, 1822 geborener und 1884 kurze Zeit
nach ihm gestorbener Bruder, ebenfalls aus der ersten Ehe des
Vaters. Die Mutter aber, von welcher J. A. Müllenhoff hier
spricht, ist seine zweite Frau, mit der er sich 1826 verheirathete.

zu werden und schärft ihm ein: 'Ueberhaupt laß es
Deinen Grundsatz sein: was Du thun willst, was Du
sein willst, immer ganz zu sein, nie halb.' Wenn er von
dem Sohne spricht und sich seine Zukunft ausmalt, so
denkt er sich stets ein 'höheres Menschenleben', eine 'höhere
Menschenbildung'.

Sehr drastisch äußerte sich das hochstrebende Wesen
des Vaters bei einer späteren Gelegenheit. Karl Müllen=
hoff erfüllte in dem übrigen Verlauf der Schulzeit die
Anforderungen, welche väterliche Liebe und väterlicher
Stolz an ihn stellten. Er gewann die wohlwollende Be=
achtung des mit der Schulaufsicht betrauten Professors
Nitzsch, erhielt aber beim sogenannten Convictseramen
(welches einer Maturitätsprüfung gleich kam) nur den
zweiten 'Charakter', was den Vater wieder aufs tiefste kränkte.

'Zwar, mein lieber Karl', so schrieb er ihm am
2. November 1837, 'bist Du nicht, wie weiland Rector
Jägers Sohn, triumphirend zu Hause gekommen mit
dem Rufe: Vater! ich bin durch! — Doch aber muß ich
Dir aufrichtig sagen, daß Deine Briefe auf uns alle
wohl fast einen gleich widerlichen Eindruck gemacht, wie
der alte würdige Jäger ihn bei jenem Jubel seines
Sohnes muß empfunden haben. Du, der schon vor
länger als einem Jahre von Nitzsch für den besten
Primaner der Holsteinischen Schulen erklärt bist, den
Lehrer und Mitschüler alle für einen mehr als gewöhn=
lichen Schüler gehalten, — Du springst mit dem simpeln
Zweiten dahin? vermagst nicht mehr als ein Dethlefs

und Saß? — entschuldigst Dich dann mit der gewöhn=
lichen Ausflucht aller schlecht fahrenden Candidaten: ich
war unwohl? — ja, meinst am Ende gar, ich werde
mich wohl mit dem höchst trivialen Troste begnügen,
daß eine Auszeichnung nichts relevire? Karl! Karl! Hast
Du denn je mich rechnen sehen auf positiven, materiellen
Nutzen, wo es Ehre gelten soll? Und Du genirst Dich
nicht, mir solchen Gemeinplatz an den Hals zu werfen,
wenn meine Hoffnungen so schnöde betrogen sind, wenn
mein Stolz auf Dich so schmählich gedemüthigt ist? —
Glaubs mir sicher, mein Junge, so sehr ich auch Verluste
scheuen muß, ich hätte lieber zwei und dreihundert Thaler
verloren, als Dich mit dem simpeln Zweiten hinspringen
sehn. Du, den Mutter Natur mit mehr als gewöhnlichen
Fähigkeiten ausgerüstet, dem ich meinestheils glaube
kein Mittel verkümmert oder beknausert zu haben, um
zu einem ehrenvollen Ziele rasch vorschreiten zu können,
Du durftest nicht, mußtest nicht so gleichgültig, schwach
und ohne Ehrgeiz Dich zu dem großen Haufen der
Mittelmäßigen herab setzen! Mich, den Du als einen in
solchen Sachen stolzen Mann kennst, durftest, mußtest Du
nicht so schmählich demüthigen in meinem Lieblinge, in
dem, den ich stets als meinen Stolz angesehn!'

Er geht dann die einzelnen Entschuldigungsgründe
des Sohnes durch und sucht sie zu widerlegen, lenkt aber
zum Schlusse doch wieder ein: 'Ich will nicht durch mein
heutiges scharfes Urtheil Dich zu einem rücksichtslos
eifrigen Studium, zu einem unausgesetzten Ochsen ange=

trieben haben; nur Deinen Ehrgeiz will ich stacheln, daß, wo es darauf ankommt Dich zu zeigen, Du nicht lässig die Hände sinken lassest, und so in den Pfuhl der Gemeinheit herabsinkest.' Er fürchtet offenbar, des guten zu viel gethan zu haben, und wiederholt die Mahnung: 'Sei fleißig, aber mit gehöriger Sorge für Deine körperliche Gesundheit.' Er schließt endlich in ganz anderem Tone: 'Lebe wohl, mein guter Junge (denn der bist Du doch, obwohl ich böse bin auf Dich)!' Er übermittelt ihm die herzlichsten Grüße von Verwandten und Freunden und fährt fort: 'Von mir aber nimm eine segnende Umarmung und einen heißen Kuß'.

Vollends beruhigt ist er nach Karls nächstem Berichte von der Universität: 'Mit welch freudigen Gefühlen ich Deinen Brief, mein Karl, empfangen, gelesen und wieder gelesen und unseren näheren Freunden und Hausgenossen mitgetheilt habe, — könntest Du das so ganz wissen und fühlen, so würdest Du nicht länger jemals zweifeln oder irre werden an der Liebe Deines Vaters. Gekränkt allerdings hat mich der verhältnißmäßig wenig glänzende Ausfall des Convictsexamens, aber ob ich Dich darum minder geliebt habe? — Gewiß nicht! Deinethalben ja wars vorzüglich, daß das Ding mich kränkte, und wenn ich von Unehre gesprochen, die Du mir gebracht, so ist das ein eben so unüberlegtes Wort als Deines von der Irrelevanz der Auszeichnung. Unehre kann positiv der zweite Charakter nie bringen; wenn er aber für Dich ungenügend ist, so fällt allerdings durch

ihn minder Ehre auf Dich, als ich Dir gewünscht
hätte.'

Die Mischung von Härte und Weichheit, der strenge
Ton und dann wieder das warme Gefühl, die über die
Wirklichkeit hinaus gesteigerte phantastische Vorstellung,
die über das gerechte Maß hinaus gesteigerte Erregung,
das leidenschaftliche Ueberströmen im Tadel, der unver-
hohlene Ausdruck einer heißen Liebe, die Thränen des
Schmerzes, die versöhnende Umarmung: wer Karl Müllenhoff nahe stand und ihn in verwandten Situationen gesehen hat, der erkennt das Wesen des Sohnes im Vater
vorgebildet. Genau so konnte er aufbrausen, genau so
sich besänftigen, genau so verletzen und, wo er liebte,
genau so wieder gut machen. Thränen traten ihm leicht
in die Augen, und in bewegten Momenten konnte er
wohl einen jüngeren vertrauten Freund so warm ans
Herz schließen, wie ihn sein Vater mag umarmt haben.

Aber auch die Art, wie dieser Vater stets die höchsten
Anforderungen an ihn stellte und nur, wenn er ihn in
allererster Reihe sah, sich zufrieden erklärte, hat ver-
hängnißvoll auf sein weiteres Leben eingewirkt. So
hohe Anforderungen stellte er an sich selbst; alle seine
Leistungen sollten so vollendet sein, als es irgend in
seinen Kräften stünde; aber wenn er auf die innere
Vollendung nicht verzichten wollte, so ward ihm dafür
die äußere nicht zu Theil: er hat sich sein Ziel zu hoch
gesteckt und erlahmte auf halbem Wege....

Das Convictsexamen legte Müllenhoff zu Kiel im Beginne seiner Universitätsstudien ab. Ueber seine Schuljahre in Meldorf berichtet uns ein Lehrer und Freund, der kurz nach Müllenhoffs Eintritt dort sein Amt als Collaborator übernahm und dem dankbaren Schüler seit jener Zeit bis an dessen Tod in unverbrüchlicher Treue zur Seite stand, Dr. Wilhelm Heinrich Kolster; ein Schüler Niebuhrs, Philolog und Historiker, um die Schule, um Sophokles, um die Landesgeschichte vielfach verdient.

'Als ich', erzählt Kolster, 'am letzten Juli 1830 meinen Einzug in Meldorf hielt — die Nachrichten von den Pariser Straßenkämpfen lagen hinten im Postkasten, ich ahnte nichts davon — setzte ich den ersten Fuß auf den Meldorfer Boden im Posthause, wo ich nach der auf dem Postwagen durchwachten Nacht die Postmeisterin, die am großen Tische mit den angekommenen Briefen und Packeten beschäftigt war, um ein Glas Wein zur Erquickung bat. Die kleine freundliche, aber sehr würdig blickende Frau von gemessener Haltung brachte es mir eigenhändig mit der Frage, ob ich weiter mitzufahren gedächte. Auf meine Antwort, daß ich bleiben würde, in Meldorf zum Collaborator ernannt sei, flog ein freundliches Lächeln über ihre Züge, der erste Willkommensgruß in dem Orte, der mir 45 Jahre Wohnplatz werden sollte. Daß es mir zugleich zwei junge Hausgenossen empfehlen sollte, ihren Enkel Karl Müllen-

hoff¹) und seinen späteren Schwager Udo Thaden,
konnte ich natürlich nicht wissen. Dazwischen ging der
alte Postmeister, beschäftigt mit Knechten und Postillonen
vor der Thür, aus und ein; ob von den Töchtern
wenigstens die ältere unverheirathete zugegen war, weiß
ich nicht mehr. Thaden machte mir am Nachmittag mit
den andern Primanern seinen Besuch; so hoch verstieg
sich aber der Tertianer Müllenhoff nicht: seine Bekannt=
schaft machte ich erst eine Woche später, als der Unter=
richt begann.²)

'Er war ziemlich hoch aufgeschossen für seine vierzehn
Jahre, schmächtig, mit etwas gerötheten Lidern um die
Augen, lebendig, aber zu Knabenspiel und Toben wenig
aufgelegt. Das Lernen war ihm nicht Pflicht nur,
sondern Lust. Wenn ich nach der Frühstückspause ein=

---

¹) Johann Anton Müllenhoffs zweite Frau, Karls erste Stief-
mutter, Juliane Friederike Meßner (geb. 1805, gest. 1836), war die
Tochter dieser Postmeisterin. Karl wohnte während der ganzen
Schulzeit zu Meldorf bei dem Postmeister Meßner.

²) Müllenhoffs eigene Erinnerung an diesen Moment sei nur
durch einen Brief an Kolster vom 26. September 1874 bezeugt.
Kolster wollte demnächst seinen Abschied nehmen. Müllenhoff
kündigt ihm an, daß er ihn im Spätsommer noch einmal in
Meldorf besuchen wollte. 'Denn bis zum Herbst', führt er fort,
'bleiben Sie doch und schließen nicht mitten im Sommer, wie Sie
anno 1830 allerdings anfingen? Noch weiß ich es sehr gut, im
blauen Rock und einer gelben Weste'. (Es sei hier beiläufig auch
bemerkt, daß das Farbengedächtniß, das Müllenhoff z. B. mit
Jacob Grimm theilte, keineswegs etwas Allgemeines ist, sondern
eine Eigenthümlichkeit, die Beobachtung verdient.)

mal etwas früher kam als meine Scholaren, hatte er
sich oft ein Buch, Beckers Weltgeschichte, mitgebracht,
zeigte es mir, wie ich vor ihm stand, er saß auf der
ersten Bank, und fing dann an zu erzählen, und ich
machte den geduldigen Zuhörer und freute mich, wie
klar er das Einzelne aufgefaßt und sich treu eingeprägt
hatte, bis ich einmal mich aufgelegt fühlte, einen ihm
unbekannten Zug, Namen, oder was es eben war, ein-
zuschalten: dann sah ich sein großes schönes Auge halb
in Freude, halb in Bewunderung aufblitzen. Die Erzählung freilich, die in der Pause ohnehin nicht lang
sein konnte, hatte damit ein Ende. Dieser kleine Verkehr aber schlug die Brücke von Herz zu Herzen, und ich
wußte gar wohl, daß ich keinen treueren, liebevolleren
Schüler hatte als ihn.

'Er war ein guter Kamerad, aber er ging nicht auf
in der Kameradschaft, war eher reizbar und empfindlich,
wie er mir denn eines Tages mit Thränen klagte, daß
er von den Mitschülern Cato genannt werde, und könne
doch nichts dafür, daß sein Vater Katholik sei: der
Großvater war aus Westfalen eingewandert. Den Spitz-
namen aber hat er behalten und gewissermaßen auf
seinen Bruder Eduard übertragen: denn dieser ward, als
er später auch nach Meldorf kam, mit Beziehung darauf
Lälius genannt, nach zwei kleinen Schriften Ciceros
„Cato" und „Lälius", die zuerst mit jungen Leuten
pflegen gelesen zu werden.

'Der Unterricht in Tertia konnte kein besonderes

Band zwischen uns bilden; dazu waren meine Fächer
nicht angethan: Dänisch, Rechnen und Ovid, womit ich
zugleich die Exercitien verbinden sollte, in zwei Stunden!
Das wurde freilich anders, als 1831 in den Hundstagen
der Conrector Schöttel, zum Prediger ernannt, wegging
und ich mich plötzlich vor die Aufgabe gestellt sah, den
Ordinarius der Secunda zu machen, in die Müllenhoff
jetzt aufgerückt war.[1]) Der Subrector Hansen war Auto-
didakt und stand unmittelbar vor dem fünfzigjährigen
Amtsjubiläum. Da gab es natürlich der Berührungs-
puncte mit Müllenhoff viel: in Latein und Griechisch,
Deutsch und Mathematik sah er sich an mich gewiesen.
Ich schweige davon, wie lernbegierig, fleißig, aufmerksam
und lenksam er als Schüler war. Seine lateinischen
Exercitien machten seinem Stubengenossen Thaden einige
Sorge. Es war nämlich sein Uebungsbuch, Krebs Anleitung, aus lauter einzelnen, verschiedenen lateinischen
Autoren entlehnten Sätzen zusammengetragen: er aber
ruhte nicht, bis er in seinem Lexikon den Satz gefunden
hatte, worauf er dann das Citat mir gewissenhaft an den
Rand schrieb. Ich ließ ihn ruhig gewähren, überzeugt,
daß er bei diesem fleißigen Gebrauch des Lexikons mehr
lerne, als durch vier- oder fünfmalige Anwendung der
Regel, für deren richtige Erfassung die Sätze, die er
nicht gefunden, also selbstständig übersetzt hatte, genug-
sam Zeugniß ablegten. Im Deutschen konnte ich ihm

---

[1]) Er war am 10. Juni nachversetzt worden.

keine größere Freude machen, als durch die Hinweisung
auf die Schätze unserer Litteratur, und mehr als einmal
veranlaßten er und seine Mitschüler (Herm. und Heinr.
Wolf, der erste in Amerika Pastor superior; W. Paulsen,
Rechtsanwalt in Kiel; Hartwig Bünz, Pastor in Glück=
stadt) mich, dies oder jenes Gedicht ihnen vorzulesen.
In dergleichen Vorlesungen zog ich auch wohl einmal
Bruchstücke der Minnesänger herein und las sie, so gut
ichs eben verstand, war freilich aus den Wolken gefallen,
als Müllenhoff in späteren Jahren mir sagte, daß ich
durch die Vorlesung eines solchen Liedes bei ihm die
Lust zum Studium des Altdeutschen geweckt hätte. Da=
mit that er sich selbst Unrecht und vergaß, mit welcher
Lust er im Vaterhause schon die deutschen Volksbücher,
Melusine, Haimonskinder, hurnin Siegfried gelesen hatte.

'Die Mathematik war ihm eine harte Nuß, und
die abstracte Vorstellung der Figuren und der Wirrwarr
der Winkel abc und bea wollte ihm gar nicht eingehen.
Mir ward dieser Unterricht zu einem Prüfstein seiner
Liebe zu mir. Er wußte sich mein Handbuch zu ver=
schaffen und suchte durch Präparation und Repetition zu
gewinnen, was ihm nicht gelang mir vom Munde ab=
zulernen. Nie hab ich Veranlassung gehabt, seinen
Fleiß zu spornen oder über seine Haltung und Führung
zu klagen. Er kam allerdings mit dem besten Vorurtheil
zu mir, denn sein Vater wie seine Großeltern gaben
mir von ihrer Billigung und Hochschätzung einen Beweis
über den anderen. Sein Vater, den der Conferenzrath

Lempfert, Landvogt von Süderditmarschen, für einen der gescheitesten Männer in Süderditmarschen erklärte, was in seinem Munde viel hieß, stand schon in jugendlichen Jahren der von dem Großvater in Marne gegründeten Handlung, nachdem derselbe ein tragisches Ende gefunden[1]), vor und erfreute sich dort eines Vertrauens, das bald keine Grenzen kannte, das er aber durch Eifer, Uneigennützigkeit, Einsicht und Kunde der Verhältnisse gewonnen und bis zu seinem Tode zu bewahren wußte.

'Sein ältester Sohn Karl war auch in den geachteten Familien von Meldorf gerne gesehen, nahm in dem gesang- und musikliebenden Hause des Advocaten Paulsen an den Uebungen und an gelegentlichen Aufführungen beim Organisten Piening theil, hatte eine hübsche Stimme, und meine Frau bewahrt noch ein Lied, das sie von ihm gehört und das er für sie abgeschrieben hat. Daß er aber einen Mittelpunct für den Kreis der Mitschüler abgegeben hätte, kann man nicht sagen, dazu lagen ihm manche ihrer Interessen zu fern, vielleicht auch ihnen die seinigen zu hoch, und kleine Conflicte blieben bei seiner Reizbarkeit nicht aus.

'Er erfreute sich einer dauerhaften Gesundheit: von Krankheitsfällen entsinne ich mich nur eines einzigen schwereren, wo der Arzt hinter seinem Fieber etwas Hektisches ahnte und das Leiden sich so aufs Gehör geworfen hatte, daß die Schiefertafel für unseren Verkehr die Vermittlerin abgeben mußte.

------

[1]) Er ertrank bei Cuxhaven.

'Auch an einen harmlosen Zug des kameradschaftlichen
Verkehrs möchte ich erinnern, weil ich durch ihn selbst in
späteren Zeiten wiederholt daran erinnert bin: wie näm=
lich die Klasse in der Frühstückspause einen Boten aus
ihrer Mitte zum nahen Klosterbäcker schickte, wo dann
nach Holbergs Erasmus Montanus der eine nach panis
gravis (Semmel mit grobem Rollmehl), der andere nach
panis finis (Korinthenstuten) schrie.

'Mit Müllenhoffs Versetzung nach Prima (Ostern 1834)
werden meine Erinnerungen ärmer: ich hatte dort weniger
Stunden, und namentlich die praktischen Uebungen blieben
dem Rector Dr. Dohrn. Dazu fiel in diese Zeit meine
Verlobung und Verheirathung; ein paar liebe Collegen
brachten ein neues Moment in mein Leben; die neue
Schulaufsicht des Etatsrathes Professor Nitzsch trug neue
Gesichtspuncte entgegen, schuf neue Arbeit; kein Wunder,
wenn immerhin entferntere Privatverhältnisse etwas in
den Hintergrund traten. Aber ein außerordentlich lieber
Schüler blieb mir Müllenhoff namentlich im Sophokles,
wo er mit Begeisterung meinem Vortrag folgte.

'Auch zu seinem Vaterhause trat ich in freundliche
Beziehung, da mich seine Eltern, als ich gelegentlich
einer Predigerwahl nach Marne kam, einluden, für die
Nacht ihr Gast zu sein. Schon im Sommer vorher hatte
sein Vater mir bewiesen, daß er mich gern hätte, als
ich ihn bei Thadens Pflegevater, dem Vollmacht Kriegs=
mann, im Kronprinzenkooge traf. Der alte Herr ließ
es sich nicht nehmen, einmal im Sommer die sämmtlichen

2*

Lehrer seines Pflegesohnes mit ihren Familien bei sich
zu Tische zu laden, so auch mich und meine Mutter; da
ward getafelt, spaziert, kutschirt, und die Jugend, Thadens
Schwestern, Müllenhoffs spätere Braut sammt ihrer
älteren Schwester, und Dr. Dohrns älteste Tochter,
tummelten sich weiblich unter den Johannis= und Stachel=
beerbüschen. Dahin kam mit anderen Marner Freunden
auch Herr J. A. Müllenhoff, bei dem Herr Kriegsmann
anzog nach dem dortigen Sprachgebrauch, d. h. auf dem
Kirchgang Wagen und Pferde unterzubringen und einen
kleinen Imbiß zu nehmen pflegte. Als nach Tische eine
Fahrt längs des Deiches gemacht werden sollte, nahm
Herr Müllenhoff mich auf seinen Wagen neben sich,
zeigte mir Diekſand und erzählte mir, wie ihm dort
viele Tausende verloren gegangen seien. Er hatte mit
seinem späteren Schwiegervater, dem Kirchspielvogt
Justizrath Maaßen¹), und noch einem dritten Actionär
unternommen, auf Diekſand einen Koog einzudeichen;
aber die Sturmfluth vom 23. März 1824 zerstörte ihren
Deich, und das darauf verwandte Kapital war ver=
loren.

'In der Prima, in der man gewöhnlich drei Jahre
blieb, weilte Karl Müllenhoff im Drange des Lernens
drei und ein halbes Jahr und überraschte mich, als
er 1837 Ostern den abgehenden Freunden die Gegenrede
hielt, durch die schöngebauten, wohlklingenden lateiniſchen

---

¹) Dessen Tochter Jacobine (geb. 1808) am 5. Mai 1837 seine
dritte Frau wurde.

Distichen, in die er den Abschied eingekleidet hatte. Dann verließ er uns 1837 Michaelis, um den Freunden, wie es damals stehend war, auf die Landesuniversität zu folgen. Mit folgenden launigen Versen und der dazu gehörigen Anmerkung zeichnete er sich beim Abschied in das Klassenstammbuch ein:

> Zu fragmentarisch ist mir hier das Leben:
> Drum will ich zu den Professoren mich begeben,
> Die wissen das Leben zusammenzusetzen.
> Sie machen ein verständlich System daraus,
> Mit ihren Nachtmützen und Schlafrockfetzen
> Flickend die Lücken des Weltenbaus.

> > Zur Erinnerung einer kommenden Generation
> > C. B. Müllenhoff.
>
> Meldorf, Michaelis 1837.

Anmerkung. Sollten sich vielleicht Leute finden, denen diese Worte nicht gefielen, so bitte ich sie, sich die Mühe zu nehmen, Vitruv Architectur Lib. VI §. 2 praef. nachzuschlagen, wenn sie anders dieses Buch haben und kennen (?), wo ein sehr schöner Spruch steht, der ihre mir durch obige Zeilen abgewendete Herzen gewiß wieder versöhnen wird. Doch muß ich, um der ganzen heiligen Dreifaltigkeit willen, bitten, dieses nicht zu vergleichen mit dem frommen Spruch auf p. 87. Und so empfehle ich mich ganz gehorsamst!

> Idem ut supra.

Der Abiturientenwitz verräth etwas von dem unbehaglichen Mauserzustand, in dem sich künftige Gelehrte zuweilen in den letzten Knabenjahren befinden. Das auf der Schule niedergehaltene Selbstgefühl nimmt unter der Maske des Scherzes einen gereizten Ton an; der werdende Professor erblickt den Stand, dem er dereinst

mit Stolz angehören soll, in der Hülle einer con=
ventionellen Caricatur und drückt sich doch schon so ge=
lehrt aus, daß ihn ein neugieriger Leser nur durch Ver=
mittelung aufgeschlagener Bücher verstehen kann.

Für den Bericht Kolsters aber gewähren Müllenhoffs
eigene Rückblicke auf die Schulzeit eine vortreffliche Er=
gänzung. Was ihm Kolster gewesen, hat er wiederholt
ausgesprochen: in der Widmung der Kudrun öffentlich,
in der Widmung der Alterthumskunde für einen engeren
Kreis[1]), in zahlreichen Briefen dem geliebten Lehrer
allein. Indem er ihm die Alterthumskunde überreichte,
schrieb er: 'Ich kann mir das Werk nicht entstanden
denken, wenn Sie nicht frühzeitig Liebe für Poesie und
Geschichte der alten und der neuen Welt und vater=
ländischen Sinn in der Brust des Knaben geweckt hätten'.

Als Müllenhoff im Frühjahr 1855 an die Einleitung
der Alterthumskunde ging, welche nach dem damaligen
Plane den Begriff der Philologie aufstellen und daraus
die hier vorliegende Aufgabe ableiten sollte, als er da=
bei das Problem der nationalen Bildung im Zusammen=
hange mit Schillers Briefen über ästhetische Erziehung
erörtern wollte: da holte er seine eigene Erfahrung zu
Hilfe und dachte viel an die frühen Erlebnisse in
Meldorf, an Kolsters erweckenden Einfluß: 'Soll ich

---

[1]) Die Alterthumskunde, wie sie im Buchhandel ist, trägt
keine Widmung. Auf dem gedruckten Widmungsblatt an Kolster,
mit dem sie mir zukam, steht von Müllenhoffs Hand: 'Die Dedi-
cation findet sich nur in Kolsters, Ihrem und meinem Exemplare.'

nach mir urtheilen', schrieb er an Kolster, 'so ist mir das
größte Heil gewesen, daß mich das Schicksal in der Be-
schränkung hat aufwachsen lassen, und es ist meine feste
Ueberzeugung, daß die Erziehung am besten gedeiht, die
dem Schüler den Gesichtskreis erweitert, aber ihm recht
viel, ja das meiste zu wünschen übrig läßt. So nur
gewinnt er die Spannung und Intensität des Strebens,
die leider heutzutage, bei der sogenannten Verbesserung
des Unterrichts, gerade herausgesagt, verloren geht.
Meines Vaters und Großvaters Bibliothek hatte mich
früh mit deutscher Litteratur vertraut werden lassen, Sie
nährten diese Neigung, ja brachten sie erst zur Klarheit,
pflegten aber daneben die Liebe zu den Alten, zu
Sophokles, der doch die Summe von allem Schönen ist,
was die Alten haben, und wenn ich mich nun zurück-
denke in die Zeit, wo ich mit Krey in seinem Garten
Homer, Plutarch etc. las, oder auch auf dem Zimmer,
wo die Fensterscheiben Namen wie Ernestine Voß und
andere zeigten, oder wenn ich mir von meiner Groß-
mutter und andern von Boies und Niebuhrs erzählen
ließ, bei Wölbikes in Brunsbüttel den Stellen nachging,
wo J. H. Voß gesessen, so weiß ich meinen Kindern
nichts Besseres zu wünschen, als daß eben solche oder
dieselben Stätten ihre Schule und ihr Spielplatz werden
möchten, der Spielplatz ihrer Träume und des ersten
ahnungsvollen Strebens. Wo in aller Welt wäre ein
Ort, wo Erinnerungen wie die an Niebuhr, Voß und
Boie den Sinn auf Alterthum und Gegenwart zugleich

wach erhalten und wo zugleich aus der eigenen Ver=
gangenheit des Landes dem jugendlichen Gemüth ein so
frischer Hauch entgegenwehte?[1] Könnte ich es möglich
machen und mich von den Kindern trennen, so ist es
längst mein Wunsch gewesen, daß sie wenigstens von
Secunda an die Schule ihres Vaters besuchen, voraus=
gesetzt, daß Kolster da ist und die väterliche Fürsorge
übernähme!'

Als Kolster nach fünfundvierzigjähriger gesegneter
Thätigkeit Meldorf verließ, da erhielt er von Müllenhoff
folgenden am 24. September 1875 geschriebenen Gruß:
'Lieber, theurer Lehrer, heute vermuthlich halten Sie
Ihre letzte Lection an der Meldorfer Schule, und morgen
wird Ihnen, wie ich höre, ein Abschiedsfest von Freunden,
Collegen und Schülern gegeben. Wie gerne ich mit da=
bei wäre, brauche ich Ihnen nicht zu sagen. Sie er=
warten auch gewiß auf morgen einige Zeilen von meiner
Hand, und der Beweis, daß ich mit Geist und Herz in
diesen Tagen und Stunden bei Ihnen bin, soll Ihnen

[1] Man wird bemerken, wie die Dreiheit Alterthum, Gegenwart und vaterländische Vergangenheit in der Widmung der Alterthumskunde an Kolster wiederkehren. — Boie war als Landvogt
von Süderditmarschen seit 1781 in Meldorf; Carsten Niebuhr,
Barthold Georgs Vater, der berühmte Reisende, als Land-
schreiber seit 1788. J. H. Voß besuchte seinen Schwager Boie
regelmäßig und sprach dann auch bei Boies Vetter Piehl in
Brunsbüttel an der Elbe vor. Barthold Georg Niebuhr wuchs
unter Boies Augen auf. — Krey war ein Mitschüler Müllenhoffs,
dessen Vater, Kaufmann in Meldorf, Boies Haus gekauft hatte.

hiemit nicht fehlen. Bin ich doch wohl der älteste und
ich glaube auch der treueste und nächste von allen Ihren
Schülern! Ich kann das ohne Ruhmredigkeit mir ein=
bilden und aussprechen. All die 45 Jahre, die Sie an
der Melborfer Schule gewirkt haben, sehe ich vor mir
liegen und überblicke sie von dem ersten Augenblick an,
wo Sie in der Mitte des Sommers 1830 zum ersten
Male zu uns in die Tertia traten, ein neues Licht, ein
neues Leben. Wie beneideten wir die Quartaner, die Sie
damals mehr als wir Tertianer unter sich hatten! mit
denen Sie Botanik trieben! und wie glücklich waren
wir, als noch in dem Sommer, ich weiß nicht, ob durch
Schöttels Abgang oder auf welche Weise, es möglich
wurde, daß auch wir darin von Ihnen Anleitung er=
hielten! Und dann in der Secunda! Erinnern Sie sich
noch meiner langen schweren Krankheit, des Nerven=
fiebers, woran ich taub und bewußtlos so lange darnieder=
lag, und wie oft Sie mich damals besuchten? Wissen
Sie noch, wie treu und liebevoll Sie sich des trägen
und lässigen annahmen, ihn zu sich in die Stube
nahmen und arbeiten ließen? Wissen Sie noch, wie Sie
uns damals zuerst mit einigen der neusten Dichter be=
kannt machten, mit Platen, Wilhelm Müller und, irre
ich mich nicht, einigen Liedern der Hahn? Sie wissen
nicht, wie auch das damals traf und entzündete! Soll
ich so noch fortfahren, Sie an das zu erinnern, was ich
durch Sie erlebt habe und erfahren? Es wäre doch
immer nur meine Beichte! Aber Jeder, der in den

45 Jahren so vor Ihnen gesessen hat wie ich, könnte für seinen Theil ebenso beichten wie ich, und das gibt zusammen eine hübsche Summe des Dankes und der Liebe, die Sie sich in jener Zeit erworben haben'.

Als im Herbst 1878 Kolster sein fünfzigjähriges Doctorjubiläum feierte, da schrieb ihm Müllenhoff angesichts des erneuerten Diploms: 'Ich bin sehr unzufrieden damit, daß Ihre Verdienste um die Landesgeschichte von Ditmarschen darin nicht betont und gebührend hervorgehoben sind. Aber sehr, von ganzem Herzen bis zu lebhafter Rührung einverstanden fühlte ich mich mit dem Absatz Viro tanta morum suavitate cet. Das Gefühl der Kindschaft, der sittlichen und geistigen, Ihnen gegenüber kann bei keinem tiefer und vollständiger sein als bei mir. Für alles, was das Menschenleben bewegt, aus tiefster Seele, haben Sie Sinn und Verständniß und haben Sie den Sinn dafür zuerst und allein allseitig geweckt in der Brust des Knaben'.

Bedeutungsvoll setzt er hinzu, was uns hier einen Blick eröffnet auf die Lebensbahn, die wir in den nächsten Kapiteln mit ihm durchmessen: 'Wenn Sie sich umsehen, so werden Sie gewahren, daß unsere Interessen in Wahrheit und im Grunde dieselben sind und die Gebiete unserer Thätigkeit sich nur etwas verschoben haben, aber so, daß, was der eine auf der einen Seite mehr gewonnen hat, das die stille Sehnsucht des anderen bleibt: das deutsche, vaterländische Alterthum für Sie, das griechische Alterthum und was damit zusammenhängt für mich. Weiß Gott, manchmal bin ich doch in Augenblicken so gestimmt, daß ich zu den Gebieten ganz zurück mich flüchten möchte, von denen mein Geschick mich ehemals hinweg geführt hat.'

Wir werden sehen, wie seine durch Kolster geweckte Liebe für Sophokles auf der Universität andauerte, für Sophokles, der, wie er sagt, 'die Summe von allem Schönen ist, was die Alten haben', und wie er gleichwohl diesem Freund und Führer untreu ward, um die vaterländische Vergangenheit mit ausschließlicher Liebe zu umfassen.

Zweites Kapitel.

Studienzeit.

Müllenhoffs Abgangszeugniß aus Meldorf datirt vom 28. September 1837. Er ward in Kiel als Studiosus philologiae immatriculirt am 19. October 1837 und hat dann zunächst drei Semester an der heimathlichen Universität, die ihn einst unter ihre Lehrer zählen sollte, zugebracht.

Mit welchem Erfolg er das Convictsexamen bestand und wie seine ersten Berichte von der Universität im elterlichen Hause aufgenommen wurden, haben wir im vorigen Kapitel gesehen.

Ueber die Art, wie er damals das Leben nahm, wie er die akademische Freiheit genoß, wie er sich unter den Kameraden zurecht fand, ist nicht viel überliefert. Den Kneipnamen Cato brachte er von der Schule mit. Seine Wohnung hatte er in einem der Häuser am Markte gefunden, welche Herzog Friedrich vor etwa 200 Jahren für den persischen Handel bauen ließ, dessen Blüthe man von der bekannten Gesandtschaft erwartete, an welcher

Paul Fleming theilnahm. Die Häuser haben großen=
theils sechs sehr niedrige Stockwerke, und Müllenhoff
wohnte im sechsten. Wenn ein später Besucher, mit dem
er etwa bis Mitternacht phantasirt und disputirt hatte,
auf dunkler steiler Treppe den mühsamen Abstieg suchte,
so konnte er sich an vielen Thüren vergreifen, in Schlaf=
gemächer hineintappen, zornig herausgewiesen werden
und sonst manche Fährlichkeiten bestehen.

Herr Professor Heinrich Hagge, Conrector emeritus
des Kieler Gymnasiums, wußte von einer solchen Treppen=
odyssee zu erzählen, und ihm verdanken wir auch eine
andere, höchst ergößliche Erinnerung.

'Im December 1838', berichtet er, 'focht Müllenhoff
sein, soviel ich weiß, einziges Duell auf Schläger aus,
wovon ich Augenzeuge war. Sein Gegner war der
Stud. jur. Hermann Carstens, späterhin Obergerichts=
advocat in Altona, jetzt schon lange todt, ein intimer
Freund der Brüder Mommsen. Worüber die Feindschaft
entstanden war, weiß ich nicht, obwohl es wissenswerth
wäre; denn Carstens war eine so durchaus friedfertige
Natur, daß es wohl einige Künste gekostet hat, ihn zum
Contrahiren zu bringen.

'Als die beiden Kämpen auf der Mensur erschienen,
gewährten sie einen erheiternden Anblick: Müllenhoff mit
seinen etwas lang gerathenen Beinen, welche durch eine
zu kurze Paukhose ungenügend geschützt waren, dazu
seine linkischen Bewegungen; Carstens ein kleiner vier=
schrötiger Kerl mit ungelenken Gliedmaßen (das schlechteste

unter diesen war sein Gesicht), mit einer beutelartig herunterhängenden Hose u. s. w.

'Sobald los commandirt wurde, war es sofort klar, daß die beiden Kämpfer, obwohl sie an die Waffen appellirt hatten, doch von der edlen Fechtkunst soviel verstanden, als ein Kameruner vom Schlittschuhlaufen; als sie ein paar Gänge gemacht hatten, ohne sich nur getroffen zu haben, brach die Corona in schallendes Ge= lächter aus, die beiden Paukanten auch, und damit endete diese Fehde.'

Auch Müllenhoffs innere Entwickelung zu jener Zeit läßt sich nur im allgemeinsten Umriß erkennen.

'Wir hatten', erzählt Tycho Mommsen, der im Herbst 1838 mit Müllenhoff in Kiel zusammentraf, 'wenig ge= ordnetes positives Wissen, als wir zur Universität kamen, ungedrillt für Abiturientenprüfungen, wie wir waren. Aber wir brachten eine sehr große Lust und Liebe für alles Wissenswürdige mit, und unser Unglück war nur das, daß wir gar nicht wußten, wie wir das philo= logische Studium angreifen sollten, und niemand uns die rechte Bahn wies. So irrten wir von einem Gegen= stand zum andern und fanden uns erst nach Jahren mehr zurecht.'

Der ausführliche Studienplan, welcher den Kieler Studenten mit den akademischen Gesetzen in die Hand gegeben wurde, konnte nicht viel helfen und mußte nur den Rathlosen noch verwirrter machen. Er empfahl demjenigen, der sich für die Philologie bestimmte, außer

der allgemeinen philosophischen Ausbildung noch folgende
besondere Disciplinen: 'Litterärgeschichte überhaupt, und die
griechische und römische Litterärgeschichte insbesondere, die
Archäologie, das Studium der griechischen, römischen, französischen, englischen, italienischen und deutschen Klassiker,
und auf den Fall, da er in der Hinsicht sehr viel leisten will,
die orientalischen und occidentalischen Sprachen überhaupt.'

'Vorzüglich', so fährt das famose, aus dem Jahre 1796
stammende Berathungsbüchlein fort, 'muß ein Philolog
sehr viele wissenschaftliche Sachkenntnisse zu erlangen sich
bestreben, weil ohne gründliche Sachkenntnisse keine
gründliche Zeichenkenntnisse überhaupt, und daher auch
nicht gründliche Sprachkenntnisse insbesondere, möglich
sind.' Die allgemeine philosophische Ausbildung aber
soll nach dem Wunsche der Kieler philosophischen Facultät
nicht nur in Logik und Metaphysik, praktischer Philosophie und Pädagogik, sondern auch in der Anthropologie,
in der allgemeinen Weltgeschichte und der Vaterlands-
geschichte, in der reinen Mathematik, in der Physik und
noch in verschiedenen anderen Wissenschaften gesucht werden.

Ein so beschaffener Studienplan konnte höchstens das
Gute haben, daß er die Facultät, die ihn empfahl, zur
Abhaltung allgemeiner orientirender Vorlesungen zwang,
welche nicht sofort das beschränkte Fachstudium und
innerhalb des Fachstudiums die rohe Specialisirung her-
vortreten ließen. In der That bekam Müllenhoff Gelegenheit, mehrere orientirende Collegien zu hören, auf
denen seine methodische Kraft, seine gute philologische

und allgemeine wissenschaftliche Bildung gewiß zum
Theil beruhte. Wir erkennen in der Auswahl der von
ihm belegten Collegien sofort die Wirkung jener ge=
druckten Rathschläge, welche die Kieler Universität ihren
Jüngern ertheilte, obgleich es ihm allerdings nicht ge=
lang, sie ihrem ganzen Umfange nach zu befolgen.

Er hörte im Wintersemester 1837 auf 1838 nicht blos
Horaz bei Nitzsch, Demosthenes und Pausanias bei Forch=
hammer, Gellius bei Osenbrüggen, sondern auch
hebräische Grammatik bei Olshausen, Geschichte der
neueren Philosophie bei Thomsen, historische Encyclopädie
bei Michelsen, reine Mathematik bei Scherk.

Er hörte im Sommersemester 1838 griechische Litte=
raturgeschichte bei Nitzsch, Kunstgeschichte und Pausanias
bei Forchhammer, neueste Geschichte bei Michelsen,
Stereometrie bei Scherk.

Er hörte im Wintersemester 1838 auf 1839 römische
Litteraturgeschichte und homerische Grammatik bei Nitzsch.
philosophische Anthropologie bei dem Theologen Pelt: die
letztere nur anfangs fleißig, dann mit sehr unterbrochener
Theilnahme, wie der Docent bezeugt.

Von seinen Lehrern in Kiel ist ihm Olshausen ein
väterlicher Freund geworden, mit dem ihn später in
Berlin ein enger und regelmäßiger Verkehr verband,
der bis zu Olshausens Tod ununterbrochen dauerte. Der
Mathematiker Scherk riß ihn durch Lebendigkeit und
Laune hin: er mag bei ihm nachgeholt haben, was er
auf der Schule versäumte, und mathematische Kenntnisse

kamen ihm später bei seinen Untersuchungen über die
Geschichte der Geographie zu Gute. Forchhammers Vor=
lesungen über Demosthenes regten ihn gleich zu eigener
Arbeit an, und er fand darin Gedanken über griechische
Geschichte, die er schon selbstständig gehegt hatte[1]). Sein
Hauptlehrer in Kiel aber war Nitzsch, der ihm beim
Abschiede das Zeugniß gab, daß er seine Vorlesungen
mit unausgesetztem Fleiße besucht, sowie an den sämmt=
lichen Uebungen des philologischen Seminars (Ilias,
Thukydides, Terentius) mit Eifer, guter Vorbereitung
und Thätigkeit theilgenommen habe. 'Aus näherer
Kenntniß seiner ganzen Lebens= und Studienweise', setzte
Nitzsch hinzu, 'kann ich ihm das Lob eines unbescholtenen,
ganz seiner wahren Ausbildung lebenden jungen Mannes
ertheilen.'

Gregor Wilhelm Nitzsch[2]) stand zu der Zeit, als

---

[1]) Der Vater schreibt ihm am 22. November 1837: 'Was Du
mir erzählst von Deinem Zusammentreffen mit Forchhammers
Ideen über die griechische Geschichte hat mir besondere Freude gemacht; schade, daß er Dir damit jedoch vorauseilt! Der Schein
möchte künftig wenigstens dafür sein, daß Du von ihm Deine
Ideen geschöpft hättest. Theil mir darüber indeß mehr mit, mein
guter Karl. Alles was mich tiefer blicken läßt in den Betrieb
Deiner Studien und den Gang Deiner Ideen, so weit ich zu
folgen vermag, wird mir stets die größte Freude machen. So
also auch Deine Arbeiten über den Demosthenes, worüber Du
mir schon versprichst, ein Mehreres zu schreiben.'

[2]) Vgl. Fr. Lübker, Gr. W. Nitzsch in seinem Leben und Wirken
(Jena 1864). Burfian, Gesch. d. Phil. S. 714 ff. verdient nicht
aufgeschlagen zu werden.

3

Müllenhoff die Universität bezog, am Ende seines sechs=
undvierzigsten Lebensjahres. Seit Ostern 1827 wirkte
er in Kiel. Er hatte sein Amt mit einer Art von be=
klommener Begeisterung übernommen und übte es mit
reinem Seelenschwung, in tief sittlicher und religiöser
Gesinnung. Er war der Schöpfer der schleswig=holsteinschen
Schulordnung. Sein Seminar galt ihm als die Pflanzstätte
der künftigen Gymnasiallehrer, die in ihrer Thätigkeit
auch weiterhin zu beobachten und zu leiten ihm seine
Stellung als Aufseher der Schulen zur Pflicht machte.
Müllenhoff war von ihm, wie wir sahen, schon als Pri=
maner bemerkt worden; im Seminar verdiente er sich
Lob; die Freundschaft, die er mit seinem Altersgenossen
Wilhelm Nitzsch, dem Sohne des Professors, schloß,
mußte das Interesse des Lehrers für den Schüler noch
steigern, und die Commilitonen hatten den Eindruck, daß
Müllenhoff sein ganz besonderer Liebling war: denn
Nitzsch gab sich in völlig naiver Weise keine Mühe, seine
Zuneigungen oder Abneigungen zu verbergen.

Tycho Mommsen hebt hervor, daß Nitzsch nicht nur
das klassische Gebiet, sondern auch alles Vaterländische
mit warmer Begeisterung erfaßte; wie er denn auch 1813
als freiwilliger Jäger mitgezogen war.

'Dies frische, tapfere Wesen', fährt Tycho Mommsen
fort, 'zeigte der Alte überall im Verkehr mit seinen
Seminaristen, schalt sie auch zu ihrem Heile hin und
wieder derb aus, sowohl auf Deutsch als in sehr schönem
fließenden Latein. Es herrschte unter seinem Scepter

große Rührigkeit; jeder wollte etwas leisten. Unter ein=
ander schonten wir uns auch nicht. Müllenhoff konnte
noch weniger Latein sprechen als mancher der andern
und legte zunächst weniger Werth auf das Exacte der
Studien als er sollte, trat aber stets als ein sehr ge=
scheiter und als ein liebenswürdiger Mensch hervor,
troß einem gewissen hartnäckigen Eigensinn im Festhalten
auch verkehrter Ideen und Behauptungen.' Professor
Hagge schreibt: 'Im Seminar war der Eindruck von
Müllenhoff nicht bedeutend; die große Unbeholfenheit
seiner Zunge ließ ihn unbedeutender erscheinen, als
er war.'

In Gregor Wilhelm Nitzsch trat dem jungen Philo=
logen das Bild eines concentrirten, ernsten, harmonischen
Gelehrtencharakters jedenfalls auf sehr vollkommene Weise
entgegen. Waren seine Schriften durch eine gewisse
dunkle Tiefe, durch einen ringenden und schwerfließenden
Stil in ihrer Wirkung behindert, so ging sein lebendiger
Unterricht vielmehr auf eine höchst praktische und schlichte
Belehrung aus. Seine Vorlesungen und Uebungen
waren eine Schule der strengsten Gewissenhaftigkeit. Auf
genaue, methodische, nachempfindende Interpretation legte
er den höchsten Werth. Im Mittelpuncte seiner eigenen
Studien stand Homer: die griechische Heldensage, ihr
religiöser Gehalt und ihre Nachwirkung. Es war viel=
leicht nicht zufällig, wenn Müllenhoff später die deutsche
Heldensage mit ihren mythischen Wurzeln ebenso für den
Mittelpunct seiner wissenschaftlichen Thätigkeit erklären

3*

durfte. Aber freilich: Nitzsch war fest überzeugt von dem
einheitlichen Homer und von der Falschheit der Lach=
mannschen Kritik; Müllenhoff gewann erst in Lachmanns
Schule einen festen Standpunkt und wurde der eifrigste
Fortsetzer von Lachmanns scheidender Methode. So mag
er schon in den ersten Kieler Semestern sich nicht ganz
befriedigt gefunden und, mehr oder weniger bewußt, an
Nitzsch die Klarheit und Bestimmtheit, die Folgerichtig=
keit und Schärfe vermißt haben, die er bedurfte. Er be=
schloß nach Leipzig zu gehen und zu versuchen, ob Gott=
fried Hermann ihm die rechte Bahn zu zeigen vermöchte.

Nitzsch mag den Rath gegeben haben oder billigte
wenigstens Müllenhoffs Vorsatz und schrieb ihm folgenden
Abschiedsbrief:

Kiel, den 6. April 1839.

Sehr gern, lieber Herr Müllenhoff, hätte ich Sie noch einmal
gesehen und mündlich Ihnen meine Wünsche mitgegeben. Empfangen
Sie sie denn hier und nehmen sie als gute tessera mit. Ich mag
auf diese tessera nicht das bekannte Dic cur hic! setzen, aber: der
Römische Pontifex schrieb vor, man dürfe und solle auch am
Feiertage thun, quod omissum noceret. Das Leben in Leipzig ist
freilich kein Phääken-Leben; aber die ästhetische Praxis und Theorie
ist doch verlockend. Also: laufen Sie die Gelegenheit aus,
Hermannen hören und benutzen zu können! Ruhen Sie nicht, bis
Sie auch in seine Griechische Gesellschaft, überhaupt in seine
nähere Jüngerschaft kommen. Sie haben ein so schönes Pfund,
o legen Sie es an! Die ästhetische Richtung, für sich verfolgt, ist
vag. Die Aesthetik von der gesammten Philosophie losgerissen
taugt durchaus nicht, und selbst alles philosophische Studium ohne
tüchtige Kenntniß aus Anschauung und Geschichte bleibt hohl.
Wissenschaft ist keine Hohlkugel bloßer Reflexe. Binden Sie sich

recht bald und recht fest durch eine bestimmte philologische Aufgabe. Doch das lautet, als wäre ich sehr besorgt, Ihre Studien
würden sich verflachen und zerstreuen. Ich begleite Sie mit gutem
Vertrauen wie mit den herzlichsten Wünschen, und wollte hier nur
auf alle Fälle den Hauptpunct dieser Wünsche hinstellen.

Haben Sie die Gefälligkeit, das Beiliegende[1] an Hermann,
an meinen alten Freund, den Professor und Rector an der
Nikolaischule Robbe, an Westermann, Wilh. Dindorf, und den
Prof. theol. Niebner mitzunehmen und persönlich abzugeben.

Herzlich
der Ihrige
G. W. Nitzsch.

Die Sorge, Müllenhoff könne durch ästhetische
Interessen der strengen Philologie entfremdet werden,
klingt doch unverkennbar aus den vorstehenden Zeilen
heraus: und sie war nicht unbegründet, fiel doch auch
den Seminargenossen Müllenhoffs vorwiegend ästhetische
Richtung auf und machte dieser Zug doch auch seinem
Vater bange, vor dem das Herz des Sohnes wie vor
keinem andern offen lag.

Er fand, daß sich Karls Geist etwas zu einseitig
ganz dem Genusse des Schönen zuwende: 'Lieber Karl',
schreibt er ihm, 'ich bitte Dich väterlich, nicht Dein Ziel
aus dem Auge zu verlieren, das Ziel, einst selbstständig
in der Welt stehen zu können, und deshalb nicht mit
Verdruß und Ekel an die dazu nothwendigen Arbeiten
zu gehn. Verleide Dir diese nicht auf solche Weise,

---

[1] Etwa Nitzschs neustes Prooimium: Ad Lobeckii Aglao-
phamum corollarium I de sacerdotibus Graecorum. Mart. 1839.

indem Du nur mit Deinem weichen warmen Herzen dem Schönen nachstrebst. Veredlung des Geistes und Herzens ist allerdings das höchste, schönste Ziel des Menschen; der Mann muß aber doch auch ein specielleres Ziel sich stecken, um einst thätig nützlich in der Gesellschaft auf= zutreten, und ich möchte nicht, daß Du ohne Geschick für ein bestimmtes Fach, als bloß gebildeter Mensch, viel= leicht als bloßes schriftstellerndes Genie von der Akademie heimkehrtest.'

Solche Mahnungen aber verfingen vorläufig nicht viel, und gerade der Aufenthalt in Leipzig führte Müllenhoff ziemlich nahe an das heran, was sein Vater ein schriftstellerndes Genie genannt haben würde.

Er brachte die Osterferien 1839 zu Hause zu; am 17. April nahm er von den Seinigen Abschied, ging zu Schiffe nach Hamburg und fuhr dann über die Lüne= burger Haide nach Braunschweig, wo ihn die Erinnerung an Heinrich den Löwen mächtig erregte und ihn zu einer contrastirenden Vergleichung mit dem regirenden König von Hannover veranlaßte, dem er eine sehr ausgeprägte, mit drastischen Worten nicht sparsame Abneigung widmete. Von da ging es weiter nach Halberstadt, Halle und Leipzig, wo die Ostermesse noch im Gange war.

Die Stadt gefiel ihm nicht sonderlich. Mühsam rechnete er sieben Merkwürdigkeiten heraus und belustigte sich über den Stolz der Leipziger auf ihren Grimmaischen Platz, ihre Promenade und ihr Rosenthal. Das Leben des Leipziger Studenten beschreibt er wie folgt: 'Des

Morgens ins Colleg und an die Arbeit, dann gegessen, dann ins Café français auf dem Grimmaischen Platz, die Zeitungen gelesen, dann ins Rosenthal, darauf auf die Promenade und des Abends zu Kuchengarten, Hôtel de Prusse, Jänichen oder wo sonst Concert ist. Dann geht man zu Bette.'

Müllenhoff selbst aber hielt dieses Programm, wenig=stens in dem ersten Puncte, keineswegs getreulich ein.

Er ward am 1. Mai immatriculirt. Die Vorlesungen begannen am 6. Mai und dauerten bis Ende August. Er belegte bei Gottfried Hermann homerische Hymnen (vierstündig) und Geschichte der griechischen Dichtkunst (zweistündig), bei Westermann das achte Buch des Thukydides, bei W. A. Becker Juvenals Satiren; außer=dem bei dem Magister Moriz Haupt Geschichte der älteren deutschen Poesie (sechsstündig)[1], bei Wachsmuth Geschichte der französischen Revolution, bei Hartenstein Metaphysik, bei Drobisch Logik.

Die Geheimnisse der Herbartschen Philosophie, die ihm hier eröffnet wurden, wollten ihm gar nicht ein=leuchten, und über den metaphysischen Lehrsatz von der Durchdringung der Realen machte er sich mit seinen Genossen lustig. Auch bei Gottfried Hermann muß er nicht gefunden haben, was er suchte. Die Hefte, die er in den Vorlesungen nachschrieb, brechen bald ab. Ein

---

[1] Haupt las auch Germania; Müllenhoff hörte sie nicht: so fern lag ihm noch der Gedanke an die Alterthumskunde.

anderer Magnet zog stärker. Die reich ausgestatteten Leihbibliotheken verführten ihn zu massenhafter Leserei, die er indessen keineswegs mit wahllosem Heißhunger, sondern nach einem bestimmten System und mit festen wissenschaftlichen Absichten betrieb.

Er wollte sich eine umfassende Kenntniß der deutschen Litteratur erwerben, und der Plan einer historischen Darstellung lag im Hintergrunde. Als ihm die Geschichte unserer poetischen Nationallitteratur von Gervinus bekannt ward, erschien sie ihm wie eine Störung eigener Vorsätze: denn etwas ähnliches hatte er zu leisten gedacht[1]). Die Freude an Poesie, Kunst und Menschen, an den großen Gegensätzen des Lebens und der Geschichte erfüllte ihn ganz. Phantasievolle Beobachtung war das Element, in dem er sich hauptsächlich bewegte. Aesthetische Tendenzen beherrschten seine Seele.

Ob die Warnung von Nitzsch in ihm nachtönte? Ob er fühlte, daß er eine gefährliche Richtung eingeschlagen

---

[1]) Täuscht mich mein Gedächtniß nicht, so verlegte Müllenhoff den Zeitpunct seiner ersten Bekanntschaft mit Gervinus nach Leipzig: es kann sich aber dann nur um die ersten drei Bände gehandelt haben, welche 1835, 1836, 1838 herauskamen: der vierte (1840) und fünfte (1842) standen freilich in naher Aussicht. — Noch nach einer anderen Seite hin schwankte er, obgleich gewiß nur sehr vorübergehend. Brief vom 23. December 1875: 'Wissen Sie, daß ich 1839 nahe daran war, als es mit der „Philologie" nicht bei mir in Leipzig verfangen wollte, mich in die neutestamentliche Kritik zu stürzen?' So unsicher war er geworden über seinen Beruf und seine Ziele!

habe? Ob eine allgemeine Unbefriedigung sich seiner in
Leipzig bemächtigte? Genug, er faßte sich ein Herz und
berieth mit Moriz Haupt seinen bisherigen wie seinen
weiteren Bildungsgang. Er hörte bei ihm das erste
Colleg aus dem Gebiete der altdeutschen Philologie, das
mit seinen augenblicklichen Interessen doch noch am
meisten harmonirte. Und wenn er auch davon einen
tieferen oder entscheidenden Eindruck nicht sollte empfangen
haben, so flößte ihm doch die Persönlichkeit des jungen
Docenten Vertrauen ein; er setzte ihm genauer als wir
es wissen können auseinander, was er in Kiel ver=
mißt und was ihm auch Leipzig nicht gewährte. Haupt
rieth ihm, nach Berlin zu Lachmann zu gehen, und er
folgte dem segensreichen, für seine ganze weitere Lauf=
bahn durchaus bestimmenden Rathe.

Vorher aber wollte er die Ferien benutzen, um sich
ein gutes Stück Deutschland anzusehen und den Drang
nach phantasievoller Beobachtung des Vaterländischen
einmal recht gründlich zu befriedigen.

Am 2. September holte er sich die letzten Testate,
und sofort machte er sich nach Dresden auf. Von da
ging es zu Schiffe stromaufwärts bis Tetschen (die
sächsische Schweiz hatte er schon früher einmal, wahr=
scheinlich zu Pfingsten, besucht), dann nach Außig und
Teplitz, nach Prag und Karlsbad, von da über Wun=
siedel und Bayreuth nach Nürnberg, hierauf durch die
fränkische Schweiz nach Bamberg, Coburg, Rudolstadt,
Arnstadt, Meiningen, Eisenach, Kassel, in den Harz;

endlich über Quedlinburg und Magdeburg nach Berlin,
wo er am 12. October anlangte.

Er schrieb für seine Eltern ein Reisetagebuch, welches
uns den überraschendsten Einblick in seine damalige Art
zu sein und zu denken eröffnet. Es ist mit flüchtiger
Feder glatt und gewandt hingeworfen, nicht frei von
altklugen Reflexionen, von falscher Geistreichigkeit und
jugendlichem Ueberschwang, im Ganzen aber ein Zeugniß
von bemerkenswerther schriftstellerischer Gewandtheit.

Die Landschaften wirken stark auf seine Sinne: er
weiß sie farbig und anschaulich zu schildern, wenn er
auch für das heutige kältere Gefühl einen übertriebenen
Enthusiasmus aufwendet. Er gibt von den Personen,
die ihm begegnen, ein scharf umrissenes Bild, ja er setzt
sie durch ihre eigenen Reden in Scene. Er empfängt
von der verschiedenen Volksart lebhafte Eindrücke und
kleidet sie in lebhafte Worte, indem er Zuneigung und
Abneigung mit starken Accenten bekundet. Böhmen erscheint ihm als ein geistiger Sumpf, die Tschechen nennt
er ohne weiteres das bigotteste und dümmste Volk der
Welt. Im Gegensatz erregen die Franken sein ganzes
Entzücken. Er bedauert, die Bewohner des Thüringer
Waldes nicht genauer kennen gelernt zu haben: nach den
Städtern zu urtheilen, meint er, seien sie eine gute
Mittelgattung zwischen dem biederen, herzlichen Franken
und dem höflichen, freundlichen Sachsen; die Volks-
bildung stehe höher als in Franken, und dennoch habe
die alte Biederkeit und Gradheit nicht einer sächsischen

Höfischheit Platz gemacht; auch klinge noch manche alte Sage durch den Mund des Volkes, in denen sein ganzes Wesen liege, eine Fülle von Gemüth und Heimlich=keit, wenn auch die Großartigkeit der rheinischen Sagen fehle.

Den katholischen Einrichtungen geht er neugierig und kritisch nach. Die Regierungsformen verfolgt er gleich=falls und dem Despotismus widmet er einen redlichen Haß: die Herrlichkeiten von Wilhelmshöhe sind ihm Pharaonenwerk; König Ludwig von Bayern wird mit ergötzlicher Satire porträtirt; und seinen schärfsten In=grimm erweckt Ernst August von Hannover.

In der Malerei verräth er noch keinen geläuterten Geschmack: Correggio ist ihm lieber als Raffael, und Adrian van der Werff flößt ihm ein ganz unerlaubtes Interesse ein.

Bei den Ruinen von Walkenried schreibt er: 'Ich weiß nicht, wie es kommt, aber mein Herz wird immer so groß und weit, so freudig und gehoben, wenn ich mittelalteriges Bauwerk sehe. Nach der Vorstellung, die ich mir von griechischer Baukunst gebildet habe, muß der Eindruck nicht von solcher Erhabenheit sein; vielleicht auch mehr Heiterkeit als Stolz erzeugen, wie ich ihn immer fühle, wenn ich unter einem gothischen Gewölbe stehe.'

Einen ganz tiefen Eindruck empfing er von Nürn=berg: 'Wo fange ich an und wo höre ich auf', so be=ginnen seine Aufzeichnungen darüber, 'Euch all die

Herrlichkeiten dieser alten, der deutschesten aller deutschen
Städte zu schildern? Nirgends hab ich mich wohler be=
funden, nirgends gefallen mir die Leute besser, nirgends
waren die Sehenswürdigkeiten deutscher. Dresden ist
eine Kunststadt, Prag eine Königs= und Pfaffenstadt;
aber Nürnberg eine deutsche Volksstadt.'

Ueberall begleitet ihn das geschichtliche Bewußtsein.
In Nürnberg spricht er sich über die Hohenstaufen aus.
Auf der Wartburg, in Gedanken an die Minnesänger,
an Luther, an Karl August, an das Fest von 1817,
kann er sich eines kummervollen Blickes auf Gegenwart
und Zukunft nicht enthalten; aber die Erinnerung an die
alten kraftvollen Zeiten dringt auf ihn herein mit ihrer
ganzen Macht und er bricht in die pathetischen Worte
aus: 'Das Streben ist nothwendig, und darin liegt alles;
ich fühlte ein Schwert in meiner Hand, und ich wills
nicht niederlegen; das war mein heiligster Entschluß,
und aller Weltschmerz war verschwunden.' Und als das
wichtigste Resultat der Reise bezeichnet er zuletzt: 'Hier
während dieser Zeit ward mein Entschluß gefaßt. Die
Geschichte, die Vergangenheit, hat mir die Gegenwart,
mein Deutschland, meine Zeit ins Herz gedrückt, und ich
will mitarbeiten, daß wir weiter kommen. Hat doch der,
welcher auch nur einen Stein zum Baue bringt, dennoch
zu dessen Vollendung mitgewirkt. Ich war immer stolz,
daß ich ein Deutscher war. Muß ich mich dann auch
nicht beweisen als Deutscher? Und wie kann ich das ohne
Streben, Thun und Handeln? Das Reich Gottes kommt

nicht über Nacht durch Beten und Singen, Hoffen und
Schmerz: die Menschen müssen es sich schaffen und
machen.'

So jugendlich die Worte klingen, sie waren keine
leere Phrase. Denn ein patriotisches Pathos hat unserem
Freund bis zuletzt die Feder geführt; eine Beziehung
auf die Zukunft und Erhebung des Vaterlandes hat er
allem seinem Schaffen gegeben: das Vorwort zur Deutschen
Alterthumskunde legt davon lebendiges Zeugniß ab.

Das ganze Reisetagebuch aber ist so beschaffen, daß
man sich gar nicht wundern würde, wenn man erführe:
der junge Mann, der es geschrieben, habe sich nach oder
vor Abschluß seiner Universitätsstudien in die Tages=
litteratur begeben, Novellen, Romane, Feuilletons und
Leitartikel geschrieben: denn zu alledem scheint die An=
lage vorhanden. Es war keineswegs ein Mangel des
ursprünglichen Talentes, wenn ihm später das Schreiben
so schwer wurde, sondern der Grund lag in der pein=
lichen stolzen Sorgfalt, die jedes Wort so hinstellen will,
daß sich die genaue Richtigkeit beweisen läßt und kein
Jota zurückgenommen zu werden braucht.

Die strenge Gewissenhaftigkeit, der Haß gegen das
Halbe und Unvollendete steckte ihm vom Vater her im
Blute; die philologische Schulung verlangte dasselbe, und
die allerstrengste stand ihm in Berlin unter Lachmann
jetzt bevor.

Karl Lachmann setzte die Theilnehmer seiner Seminar=
übungen regelmäßig durch die kalte Frage in Schrecken:

'Wissen Sie das so gewiß?' Jedes Rathen, Tasten und vages Räsonniren schnitt er damit unbarmherzig ab. Müllenhoff wurde nicht Mitglied des Berliner philo= logischen Seminars; er hat, soviel wir wissen, niemals Gelegenheit gehabt, Lachmanns kritische Frage an sich selbst gerichtet zu hören. Aber seine litterarische Thätig= keit nahm je länger je mehr einen solchen Charakter an, als ob er in jedem Augenblicke gegen einen unsichtbaren Kritiker gewappnet sein müßte, der ihn mit einem höhnischen 'Weißt Du das so gewiß?' aus dem Sattel zu heben suchte.

Müllenhoff ließ sich am 23. October 1839 in Berlin immatriculiren und brachte nun vier Semester daselbst zu.

Er hörte verhältnißmäßig wenige Vorlesungen: im Wintersemester 1839 auf 1840 griechische Alterthümer bei Böckh, die Episteln des Horaz bei Lachmann, Ge= schichte der griechischen Prosa und über die griechische Tragödie bei Droysen; im Sommersemester 1840 griechische Metrik bei Böckh, deutsche Grammatik bei Lachmann, deutsche Geschichte bei Ranke, 'Erklärung der Gemälde des Kgl. Museums in ihrem Bezuge zur Ge= schichte der Kunst' bei Kugler und 'Erklärung ausge= zeichneter Kunstdenkmäler des Kgl. Museums' bei Panofka; im Wintersemester 1840 auf 1841 Nibelungen bei Lachmann, Geschichte des Mittelalters bei Ranke; im Sommermester 1841 Gudrun bei Wilhelm Grimm, Geschichte der griechischen Plastik bei Adolf Schöll und Tassos befreites Jerusalem bei dem Lector Fabbrucci.

Aber er gab sich intensiver eigener Arbeit hin; und die Wirkung, welche gefeierte Lehrer auf uns üben, beruht nicht so sehr auf der Zahl der Vorlesungen, die wir bei ihnen hören, auf der Summe von Kenntnissen, die sie uns überliefern, als auf der blitzartigen Erleuchtung, die oft ein einziges Wort hervorbringt, auf der Methode, die wir ihnen ablernen, auf ihren Schriften, die wir, unter dem Eindrucke der Persönlichkeit, mit anderen Augen und mit verdoppeltem Eifer lesen.

Lachmann und Ranke hatten auf ihn den ent- scheidenden Einfluß; erst in zweiter Linie nennt er Böckh und Droysen. Von Lachmann lernte er Sagenkritik, höhere und niedere Textkritik und die beiden zu Grunde liegende scharfe Interpretation. Von Ranke lernte er historische Quellenkritik und jene anschauliche Art der Vergegenwärtigung abgeschiedener Menschen und Zu- stände, auf die ihn schon seine eigene phantasievolle Natur hinwies. Lachmanns Vorlesungen machten die deutsche Heldensage und Heldendichtung zu seinem Augen- merk,[1]) und Wilhelm Grimm erweckte speciell sein In-

---

[1]) Vgl. Zeitschrift für deutsches Alterthum 23, 113. Un- mittelbar konnte in dieser Hinsicht nur die Erklärung des Nibelungenliedes auf ihn einwirken. Die Geschichte der alt- deutschen Poesie bis zum vierzehnten Jahrhundert, welche Lach- mann im Winter 1839 auf 1840 las, hörte Müllenhoff nicht, schrieb sich aber im Sommer 1840 Wilhelm Nitzschs Heft ab. Ebenso hat er Lachmanns Vorlesung über den Properz (Winter 1840 auf 1841) im Juli 1841 nach Lübbens Heft nachgeschrieben. Außerdem finde ich noch ein Heft über Lachmanns Erklärung des

teresse für die Gudrun: beiden aber kam der Antheil an
deutscher lebendiger Sage entgegen, den Müllenhoff in
seinem Reisetagebuche so entschieden an den Tag legt.

Aber noch war sein Studium zugleich auf das
griechische Alterthum gerichtet. Er erfüllte jetzt endlich
den Wunsch seines Vaters, sich für eine bestimmte
Carriere zu entscheiden und die Vorbereitung auf das
Schulamt ernstlich zu betreiben. 'Möchtest Du doch dereinst ganz der werden, der Du werden kannst, und im
eifrigsten Fachstudium so recht den ganzen Menschen mit
herausbilden!' Dieser väterliche Wunsch entspricht wohl
ziemlich genau den nächsten Lebenswünschen des Sohnes;
aber darüber hinaus flogen ehrgeizige Gedanken schon
auf ein sehr viel höheres Ziel. Er gestand in späteren
Jahren, daß er bereits damals verwegen genug war,
sich eine künftige Wirksamkeit an der Berliner Universität
zu wünschen und auszumalen.

Wenigstens steigerte sich unter dem Einflusse so weit
gehender Wünsche die Energie und Concentration seiner
Arbeit. Er schloß sich an strebsame Freunde an, deren
ernste Naturen zu seiner inneren Festigung nicht wenig
beitrugen. Mit dem alten Kieler Genossen Wilhelm
Nitzsch und dem Dänen Sören Thrige aus Rothschild
wohnte er zusammen in der Nähe der Universität,

Walther (einstündig Sommersemester 1841) von Müllenhoffs Hand,
obgleich diese Vorlesung in Müllenhoffs Anmeldebuch nicht ver-
zeichnet steht; sie fehlt auch im Lectionskatalog und beruht daher
wohl auf privater persönlicher Verständigung.

Mittelstraße 11; und mit dem ersteren entwarf er
litterarische Pläne: sie wollten gemeinsam eine Dar=
stellung der Griechen unternehmen. Ihm wäre dabei
wohl die Mythologie, Poesie und Kunst zugefallen: in
seinen Excerpten aus Herodot, Pindar, Euripides tritt
immer wieder der religiöse Gesichtspunct hervor; der
griechischen Religions= und Litteraturgeschichte zugleich
gehörte das Thema an, das er sich schließlich zur Doctor=
dissertation wählte; und wie das Bedürfniß kunstgeschicht=
licher Orientirung in ihm lebendig war, zeigt das Ver=
zeichniß der von ihm gehörten Vorlesungen.

Auch sonst fehlte es an ästhetischer Anregung nicht,
wie wir den Erinnerungen von Kolster entnehmen:
'Wenn Müllenhoff', berichtet er, 'in den Ferien das
Vaterhaus besuchte, so sprach er stets im Conrectorate
zu Meldorf ein und erzählte von dem, was er erlebt,
erlernt, den Werken, die er gelesen, den Männern, die
er kennen gelernt und deren Einwirkung er auf sich er=
fahren hatte. Manche gar erwünschte Nachricht trug er
mir zu, unterrichtete mich von Fragen und Verhältnissen
der wissenschaftlichen Welt, brachte auch oft ein Werk
mit, das ihn mächtig angeregt hatte, damit ich es auch
läse und mich daran erfreute, wie ich mich denn er=
innere, von ihm Bulwers Letzte Tage von Pompeji er=
halten zu haben. Auch ein Spaziergang ward manchmal
gemacht und manche Frage durchgesprochen, von der er
von der Schulbank her wußte, daß sie mich interessire.
Dann erzählte er wieder, wie günstig sich für ihn die

4

Verhältnisse in Berlin gestaltet, wie er Bettina von Arnim vorgestellt sei und welch einen mächtigen Eindruck Gutzkow auf ihn gemacht habe.'

Den Bericht aus Berlin muß Müllenhoff in den Herbstferien von 1840 oder 1841 erstattet haben. Die letzteren aber bildeten den Abschluß seiner Studien im 'Ausland', das er zuletzt herzlich satt geworden war, und sie brachten ihm ein neues Glück, eine Fessel der Liebe und Pflicht: den Herzensbund für das Leben.

Henriette Thaden aus dem Kronprinzenkoog, wo sie bei ihrem Pflegevater, dem Vollmacht Kriegsmann, aufwuchs, ist uns schon im ersten Kapitel begegnet. Vater Müllenhoff und Herr Kriegsmann hielten gute Nachbarschaft und waren von Alters her befreundet. Die Kinder spielten mit einander und verloren sich nicht aus den Augen. Vater Müllenhoff versäumte nicht, dem Sohn auf der Universität regelmäßig Nachricht zu geben, wie es im Kooge stehe und was die Schwestern Thaden, Gretchen und Jette, trieben. Sie gehörten zur erweiterten Familie, und wenn Mutter Müllenhoff neue Strümpfe zur Universität zu schicken hatte, so wurde die Hülfe der Demoiselles Thaden requirirt. Als Karl Müllenhoff im Herbst 1841 nach Hause zurückkehrte, umfingen ihn die alten, lieben Verhältnisse.

Er stand knapp vor dem Uebertritt aus den Lehrjahren ins Leben. Er hatte nur noch ein Semester in Kiel zuzubringen, um die gesetzlichen zwei Jahre, die ein Holsteiner an der Landesuniversität verweilt haben

mußte, zu erfüllen. Dann konnte Promotion, Examen
und Bewerbung um ein Amt erfolgen. Er hatte sich in
der Fremde die alte Liebe zur Heimath bewahrt; und in
der Gespielin früher Jahre fand er das feste Herz,
dem er sich ganz vertrauen mochte. Jette war schön
und liebenswerth, eine hohe schlanke Gestalt, wie er
selbst, etwas schüchtern und zurückhaltend ihrer Natur
nach), aber dem alten Kameraden gegenüber wohl zu-
traulich offen. Mit dem Zauber der Reinheit und Ruhe
berührte sie sein Herz. Zu der Macht ihrer Gegenwart
gesellte sich der Reiz einer gemeinsamen Vergangenheit.
Er wußte schon 1840, daß er sie liebte und verhehlte es
nicht. Sie aber zögerte ein ganzes Jahr lang, ihm ihr
Jawort zu geben. Auf einem Spaziergang endlich im
Herbste des nächsten Jahres errang er ihre Zusage. Sie
saßen im Grünen; sie wand einen Kranz, den sie ihm
aufsetzte, und gestand, daß sie nicht immer mit ihm zufrieden gewesen sei, wenn er sich in den Ferien zeigte:
jetzt aber war sie zufrieden — und sie gingen als Ver-
lobte nach Hause.

Das geschah am 25. September 1841. Bald darauf
trat Karl Müllenhoff in Kiel sein neuntes Universitäts-
semester an. Er war nicht ohne Sorge, wie ihn Nitzsch
empfangen würde[1]): hatte er doch seine Rathschläge

---

[1]) Der Vater schreibt an Karl (3. Februar 1842): 'Daß Nitzsch
Dir wieder sein altes Vertrauen zugewendet, oder, wenn ers
nicht Dir entzogen, Du wenigstens wieder Zuversicht zu seiner
Liebe gewonnen, ist zu viel werth.'

4*

wenig befolgt und in Leipzig keineswegs die Aufnahme in Gottfried Hermanns griechische Gesellschaft als das höchste Ziel seiner Wünsche betrachtet. Aber Nitzsch, der durch seinen Sohn natürlich wußte, wie eifrig Müllenhoff in Berlin gearbeitet, gewährte ihm das frühere gütige Zutrauen, und die Commilitonen fanden ihn sehr zu seinem Vortheil verändert. Man wurde nun gewahr, daß man ihn früher unterschätzt habe.

Müllenhoff nahm an der Interpretation des Tacitus im philologischen Seminar theil, hörte bei Nitzsch den Sophokleischen Oedipus auf Kolonos und ein Colleg über Plautus, außerdem bei Olshausen Geschichte der asiatischen Völker, bei Michelsen Geschichte von Dit=marschen[1]). Er wird den Winter über sich wohl haupt=sächlich mit der Ausarbeitung seiner Dissertation be=schäftigt haben, für welche Nitzschs Vorlesung über Sophokles einen erwünschten Anhaltspunct gab. Seine Schrift handelte von dem religiösen Standpunct des Sophokles und hieß Theologumena Sophoclis.[2])

---

[1]) Nach Nitzschs Zeugniß hat er den Sophokles 'sehr fleißig', den Plautus 'eine Zeit lang bis vor Ende fleißig' besucht. So charakteristisch tritt überall die Vorliebe für das Griechenthum hervor. Bei dem Olshausenschen Colleg erinnert man sich un=willkürlich, wie Müllenhoff im ersten Bande der Alterthumskunde auf Olshausens Forschungen weiter baute. Wenn aber Müllenhoff in der Alterthumsk. 1, 74 bemerkt, daß es ihm vergönnt gewesen, von Olshausens Entdeckungen gleichsam der Augenzeuge zu sein, so bezieht sich dies nach dem Zusammenhang ohne Zweifel auf eine etwas spätere Zeit.

[2]) Blieb ungedruckt, liegt mir im Manuscript vor mit der

Man sieht daraus deutlich, daß er nicht zufällig auf das Thema gekommen war, daß ihn bewußte Wahl und begründete Vorliebe seinem alten Lieblinge wieder zu= führte. Sophokles war ihm der hellste Stern der griechischen Welt. Aber er hatte seinen Blick nicht ein= seitig auf ihn geheftet. Er nahm ihn als eine bestimmte Stufe in der religiösen Entwickelung der Hellenen. Er suchte ihn zu charakterisiren durch Vergleichung. Aber eben weil er ihn mit Vorgängern und Nachfolgern ver= glich, ertheilte er ihm den Preis.

Die Theologie des Aeschylus ruht auf dem Hesiodischen Gegensatz zwischen Kronos und Zeus, zwischen Titanen und Olympiern, zwischen den alten und den neuen, den unteren und den oberen Göttern. Er schildert ihren Kampf und ihre Versöhnung. Bei Sophokles ist der Kampf vorbei; die Weltherrschaft des Zeus wird nirgends angefochten; auch die Unteren erfüllen schweigend seine Gebote. Wenn bei Aeschylus und anderen die natür= liche und die moralische Bedeutung der Götter vermischt bleibt, so hat Sophokles diese Vermischung aufgehoben: seine Götter legen ihre besondere Natur ab und wirken als Vertreter der allgemeinen Gottheit. Wie viel auch Zeus blitzen, donnern, stürmen mag, so faßt sich in ihm

---

Bemerkung von Müllenhoffs Hand: 'Hieraus könnte immer noch einmal, auch nach Lübker, eine gute deutsche Abhandlung ge= macht werden. 1868.' Vgl. Friedrich Lübker, Die Sophokleische Theologie und Ethik, erste Hälfte (Kiel 1851); zweite Hälfte (Kiel 1855).

das Wesen dieser allgemeinen Gottheit doch am kräftigsten und deutlichsten zusammen. Er ist die höchste Macht und Weisheit. Er ist die Vorsehung und das Schicksal. Zeus und die Götter überhaupt bestimmen das Loos der Menschen. Sie thun es nicht grausam und ungerecht, wie bei Euripides. Sie thun es als die höchste Gerechtigkeit. Denn Sophokles kennt nicht, wie Theognis, eine blinde Nothwendigkeit, der auch die Götter unterworfen sind; er kennt nicht das homerische Fatum, das den Göttern bald übergeordnet, bald untergeordnet ist; er kennt nicht den Neid der Götter, welcher bei Herodot alle Menschen gleich machen will und daher die Großen erniedrigt. Aber die weisen, leitenden Götter des Sophokles stehen himmelhoch über den Menschen. Der Mensch ist blind und unwissend. Die Götter allein schauen in die Zukunft. Sucht der Mensch ihren Ausspruch zu vereiteln, so wird er nur seiner eigenen Kleinheit inne und offenbart ihre ewige Macht. Auf die Veränderlichkeit aller Dinge muß er gefaßt sein. Keiner ist glücklich zu preisen, bevor er nicht seinen letzten Tag erblickt. Aber was Zeus über ihn verhängt, soll er nicht tadeln, sondern sich willig darein fügen: denn so gefällt es den Göttern....

Die Doctorpromotion ward in Kiel nicht leicht genommen: gab sie doch zugleich das Recht, an der Universität als Privatdocent aufzutreten. War die Dissertation gebilligt, so fand ein mündliches und schriftliches Examen statt; der Candidat mußte eine lateinische Vorlesung

halten und außerdem über Thesen disputiren. Müllen=
hoffs Vorlesung und Disputation ging am 7. April 1842
vor sich: seine Opponenten waren ein gewisser Vollbehr,
ein Genosse aus dem philologischen Seminar, Tycho
Mommsen und Wilhelm Nitzsch, der soeben auch seine
Studien beendigt hatte. Sein Doctordiplom ist übrigens
erst vom 4. Juni 1842 datirt.

Schon in Müllenhoffs Dissertation tritt plötzlich eine
Verweisung auf die Gudrun ein; Aegisths Furcht vor
einem Rächer, den Elektra gebären könnte, erinnert ihn
an den alten Wate, der die Kinder in der Wiege tödtet,
damit sie nicht zum Rächeramt erwachsen.

Auch beim Examen machte Müllenhoff seine alt=
deutschen Studien und insbesondere sein Interesse für
die vaterländische Heldensage geltend. Neben Fragen
aus der griechischen und lateinischen Litteraturgeschichte
legte man ihm zur schriftlichen Prüfung ein Thema vor,
das er sich wohl selbst gewünscht haben mag: 'Ver=
hältniß der deutschen und nordischen Nibelungensage
oder Darstellung der Nibelungensage nach den Ab=
weichungen der deutschen und nordischen Dichtung mit
Berücksichtigung der verschiedenen Darstellungsform.'

Unter seinen Thesen stellte er die Behauptung auf:
niemand könne die Geschichte unserer Litteratur erzählen,
der sich nicht mit der Litteratur aller Völker vertraut
gemacht habe. In einem anderen Streitsatze leugnete
er, was jetzt niemand bezweifelt, daß die Minnesänger
provenzalische Muster nachgeahmt hätten.

Seine Vorlesung endlich ging davon aus, daß man
nicht ganz mit Unrecht den Schleswig=Holsteinern das
poetische Talent abspreche. Dürfe man sich auch für
das vorige Jahrhundert auf Gerstenberg, die Stolberge,
Voß, Johann Gottwerth Müller, Matthias Claudius und
andere geringere Dichter berufen, so habe doch seit dem
Auftreten der Romantiker sich kein Schleswig=Holsteiner
in der deutschen Poesie ausgezeichnet; die vorhandenen
Volkslieder seien gering an Zahl und merkwürdig roh.
Gleichwohl sei in diesen Gegenden an der Nordsee vor
langer Zeit ein unsterbliches Epos entstanden, welches
in Schleswig=Holstein niemand kenne, obschon es längst
in heutiges Deutsch übertragen sei und das vielbewunderte
Gedicht eines bloßen Rhetors und eleganten Verse=
schmiedes wie Tegnér bei weitem übertreffe: die mittel=
hochdeutsche 'Gudrun'.

Die Gudrun bildet dann den eigentlichen Gegen=
stand seiner Betrachtung. Er weist auf die Völker hin,
die an ihrer Handlung betheiligt sind. Er erzählt den
Inhalt. Er nimmt eine kurze Vergleichung mit der
Odyssee vor. Er stellt den Stil dem des Nibelungen=
liedes entgegen. Er erwähnt die Zusätze, welche das
ursprüngliche Gedicht entstellen. Man erkennt den Schüler
Wilhelm Grimms, aber auch den künftigen Kritiker des
Gedichts. Man begreift, wie er von hier aus auf die
Völkerverhältnisse der Nordsee und so auf die germanische
Ethnographie überhaupt geführt wurde. Man sieht
aber auch, daß ihn ein heimathliches Interesse mit dem

Stoffe der Gudrun verband, daß er für die altdeutsche
Poesie bei seinen Landsleuten Propaganda machen wollte,
daß er die Abwesenheit des Sinnes für wahre Poesie
beklagte und einen heimathlichen Dichter mit Freude will=
kommen geheißen haben würde. So kündigt sich schon
hier der Sammler der schleswigholsteinischen Sagen,
Märchen, Lieder an, und nicht minder der hilfreiche
Freund von Klaus Groth, der begeisterte Verehrer des
'Quickborn'.

Drittes Kapitel.

Meldorf und Kiel.

Sechzehn Jahre hat Müllenhoff nach seiner Promotion in der Heimath gewirkt.

Auf den Rath von Gregor Wilhelm Nitzsch trat er
zunächst als freiwilliger, unbezahlter Hilfslehrer an der
Meldorfer gelehrten Schule ein und brachte daselbst
anderthalb Jahre, von Ostern 1842 bis Michaelis 1843,
zu. Er gab lateinischen und deutschen, aber auch
dänischen Unterricht; seit Michaelis 1842 behandelte er
in Prima die Geschichte der deutschen Litteratur, 'be-
sonders des deutschen Epos', bis zum Eintritte des Re-
formationszeitalters. Seine vorwaltenden Interessen
verläugnen sich nicht, denn seine Studien wandten sich
jetzt ausschließlicher dem deutschen Alterthume zu: die
vaterländische Begeisterung, die wir aus seinem studenti-
schen Reisetagebuche kennen, fing an, ihm das Lebens-
gesetz zu dictiren. Er zog sich von aller Geselligkeit
zurück, um nach Herzenslust in der Arbeit zu leben. Die
Gudrun, die er bei Wilhelm Grimm gehört, die er in

seiner Promotionsvorlesung mit solcher Liebe besprochen, reizte ihn zu einem kühnen Versuch in der höheren Kritik. Daneben faßte er eine Sammlung der schleswig-holsteinischen Sagen ins Auge.

Schon setzte er sich höhere Lebensziele und strebte einer rein wissenschaftlichen Laufbahn zu. Als im Spät-sommer 1842 der König von Dänemark durch Meldorf kam, fand Müllenhoff Gelegenheit, am 4. September die Bitte um ein Reisestipendium anzubringen, welche der König wohlwollend entgegennahm, indem er ihn auf-forderte, seinen Wunsch auf dem ordnungsmäßigen Wege zu wiederholen. Müllenhoff reichte ein Gesuch ein, dem er unterstützende Zeugnisse der Kieler Facultät sowie Lachmanns und Wilhelm Grimms beilegen konnte. Er hob hervor, daß sein in Leipzig und Berlin begonnenes Studium der germanischen Alterthumswissenschaft einer Ergänzung nach der Seite der nordischen Sprache und Litte-ratur bedürfe. 'Theile beider germanischen Hauptstämme', fuhr er fort, 'stehen unter Ew. Königl. Majestät segens-reichem Scepter: in dem einen wird fast seit Jahr-hunderten die vaterländische Alterthumskunde mit Liebe gepflegt, ja Kopenhagen ist recht eigentlich der Sitz scandinavischer Philologie; dem anderen aber ist diese Wissenschaft, wenigstens so weit sie Sprache, Poesie, Litteratur betrifft, fast völlig fremd geblieben: hierher nun einen Sprößling derselben zu verpflanzen, dem rechte Grundlage die Erkenntniß uralter inniger Gemeinschaft aller germanischen Stämme ist, ist mein sehnlichstes

Bestreben'.[1]) Er möchte Kopenhagen und Schweden, dann auch die wichtigsten Bibliotheks= und Universitäts= städte Deutschlands besuchen, um wissenschaftliche Ver= bindungen anzuknüpfen und sonst lernend und forschend seinen Zweck zu fördern. Als diesen Zweck aber be= zeichnet er bestimmt das Studium 'einer Sage, die einst alle germanischen Stämme in Süden, Norden und Westen umfaßte und zu einer Einheit verband', d. h. das Studium der deutschen Heldensage; und er spricht von der künftigen Herausgabe des deutschen Heldenbuches wie von einer Sache, die er sich selbst vorgesetzt, d. h. er hatte zu jener Zeit schon die Edition des Ortnit und Wolfdietrich in Aussicht genommen.

Er mußte lang auf Antwort warten und erhielt im April 1843 einen ablehnenden Bescheid. Auch bewarb er sich im Sommer desselben Jahres vergeblich um ein erledigtes Subrectorat in Meldorf. Dafür kam er zum Herbst als Gehilfe an die Universitätsbibliothek nach Kiel.

Kolster erzählt über die anderthalb Jahre in Meldorf: 'Es ist dies die Zeit, wo sich das Verhältniß zwischen

---

[1]) Aus dem Concept. Das vom 1. September 1842 datirte 'Supplicatum' drückt den Wunsch aus, die in Leipzig und Berlin begonnenen 'litterarischen und ästhetisch=kunsthistorischen Studien, zunächst jedoch die Studien des germanischen Mittelalters fort= setzen zu können.' Vgl. die in Berlin gehörten kunsthistorischen Collegien. Die 'Sage' und die 'dereinstige Herausgabe des deutschen Heldenbuches' sind nur im Supplicatum ausdrücklich er= wähnt.

Müllenhoff und mir gestaltete, wie es geblieben ist, bis
ihm der Tod das Auge schloß. Soll ich es mit Einem
Worte schildern, wie es ward, so kann ich sagen: ich
wurde sein erster Zuhörer. Er hatte ja freilich die
Universität verlassen, um sich der Schule zu widmen:
aber das wissenschaftliche Streben hatte er mitgenommen.
Wilhelm Grimm hatte ihm die Constituirung des Textes
der Kudrun als eine halbe Erbschaft hinterlassen. Er
fing in Meldorf wieder an, wo er in Berlin abgebrochen
hatte; der unbeendigte Proceß in seinem Innern mußte
sich auswirken. Empfänglichkeit, das wußte er wohl,
fand er bei mir. So kehrten wir das einstige Ver=
hälniß von Lehrer und Schüler um. Durch ihn vernahm
ich zuerst von der Kudrun und den dabei in Betracht
kommenden Fragen. Er trug mir die Ausgaben zu,
instruirte mich, so gut es gehen wollte, und wenn er
am Abend zu uns kam, setzten wir uns oft zu Gericht,
ob nach dem und dem die und die Verse echt sein
könnten oder nicht, wie er es in der Widmung der
Kudrun selber ausgesprochen hat. Er wandte sich ja
auch an die Laienwelt mit seinem Werk, und wie die
sich zu demselben stellen würde, mochte er schon an mir
erproben. Er kam nicht täglich: ein paar Mal die
Woche, und nach einem Stündchen oder anderthalb kehrte
er gewissenhaft wieder auf sein Zimmer zurück. Es ist
mir wahrhaft schmerzlich, daß aus dieser Zeit, die mir
in seiner Freundschaft einen solchen Schatz zugeworfen
hat, kein specielles Bild in meinem Gedächtniß gehaftet

hat. Nur der Ankündigung, daß ihm aus Kiel ein An=
erbieten gemacht sei, sich an den Arbeiten auf der
Bibliothek zu betheiligen, entsinne ich mich, und daß er
mir auf meinen Glückwunsch dazu erwiderte, er scheide
von der Schule gar nicht mit leichtem Herzen, wisse
nicht, ob er nicht in dieser Stellung bleiben und da seine
Beförderung suchen solle. Darüber war ich denn freilich
keinen Augenblick zweifelhaft, so gern ich ihn in meiner
Nähe behalten hätte'.

Er hat doch noch einmal geschwankt, ob er nicht in
ein Schulamt zurückkehren solle.

Die Thätigkeit an der Bibliothek machte ihm Freude.
Zu dem Oberbibliothekar Ratjen hatte er das beste Ver=
hältniß. Der ungehinderte Verkehr mit den Büchern
gab ihm Gelegenheit, sein gelehrtes Wissen nach Herzens=
lust auszubreiten. Auch bediente er sich des mit der
Promotion erworbenen Rechtes und trat gleich im Winter=
semester 1843 auf 1844 als Privatdocent auf. Aber das
Gehalt eines Bibliotheksgehilfen war gering; die Uni=
versität zählte wenig Studenten; diese hatten von der
Bedeutung der deutschen Studien keine Ahnung und
suchten darin höchstens eine dilettantische Befriedigung.
Müllenhoff dachte deshalb im Sommer 1844 ernstlich
daran, sich um die erledigte Stelle eines Collaborators
an der gelehrten Schule in Glückstadt zu bewerben. In=
dessen, ob er sich nun im letzten Augenblicke nicht zu dem
Schritt entschließen konnte, oder ob sein Gesuch keinen
Erfolg hatte: es wurde nichts aus der Sache; er blieb

Privatdocent; und seine Braut mußte sich gedulden, wie er selbst.

Es war eine schöne Zeit für die Universität Kiel. Neben Müllenhoffs alten Lehrern Nitzsch, Forchhammer, Olshausen standen jetzt die Historiker Droysen und Waitz, von denen der erstere in Berlin sein Lehrer noch in ganz philologischen Collegien gewesen war; unter den Privatdocenten befanden sich Wilhelm Nitzsch und Friedrich Harms, beide wie Droysen später in Berlin Müllenhoffs Collegen. Mit Waitz und Nitzsch verband ihn das In= teresse am germanischen Alterthum. Im Verkehr mit Harms stellten sich die Grundzüge seiner Weltanschauung fest, so daß er wohl in späteren Jahren seinen Stand= punct kurzweg mit den Worten bezeichnen mochte: 'Ich bin Harms'scher Philosoph.' Und für alle die Professoren und strebenden jungen Gelehrten war das Haus des Arztes Franz Hegewisch, des Schwagers von Dahlmann, ein belebender Mittelpunct der Geselligkeit, von welchem jeder das Rühmlichste zu erzählen weiß, der mit diesen ausgezeichneten Menschen in Berührung kam.

Neben dem wissenschaftlichen Leben machte sich das politische mehr als anderswo in Kiel geltend. Hier hatte schon Dahlmann seit 1815 für das vereinigte Schleswig=Holstein und für eine freie landständische Verfassung gekämpft. Der Professor Falck wies 1816 nach, daß alle Versuche, Schleswig zu danisiren, an der Stärke des deutschen Elementes scheitern müßten. Nach der Juli=Revolution begann Uwe Lornsen eine lebhafte

Agitation für eine neue, gemeinsame und freie Ver=
fassung der Herzogthümer. Lornsen wurde verhaftet,
angeklagt und verurtheilt. Aber seine Forderungen
drangen immer tiefer ins Volk; und als 1839 mit dem
Regierungsantritt des kinderlosen Königs Christian des
Achten der Zeitpunct näher zu rücken schien, in welchem
die Herzogthümer kraft Erbrechts von Dänemark getrennt
werden müßten, als man in Kopenhagen umso ent=
schiedener ein Dänemark bis zur Eider oder gar einen
dänischen Gesammtstaat verlangte: da begann in Kiel
eine entschlossene Opposition und Agitation; Karl
Samwer beleuchtete das Recht der Staatserbfolge in den
Herzogthümern; Lorenz Stein, Müllenhoffs College als
Privatdocent, suchte durch Journalartikel die öffentliche
Meinung Deutschlands zu erregen; eine von Droysen
entworfene Adresse protestirte laut und energisch gegen
den neuerfundenen dänischen Gesammtstaat (1844).

Unter diesen Umständen gewann jede friedliche wissen=
schaftliche Thätigkeit, welche die Geschichte der Herzog=
thümer zum Ziel hatte, eine politische Bedeutung. Mußte
doch der deutsche Charakter des Landes daraus immer von
neuem und ganz von selbst erhellen. Stieß man doch
leicht auf Zeiten, in denen sich deutsche Kraft gegen
Dänemark siegreich behauptete. Ergab sich doch un=
zweifelhaft, daß das Band, welches die Herzogthümer
zusammenhielt, Jahrhunderte gedauert hatte, so daß sich
an der Betrachtung der Vergangenheit die Hoffnung für
die Zukunft stärkte.

Wieder war Dahlmann vorangegangen. Die Dit=
marsche Chronik des Neocorus, ein Bild uralter Bauern=
verhältnisse, das schon Niebuhr bei seiner Darstellung
der ältesten römischen Verfassung vergleichend im Auge
hatte, wurde durch Dahlmann 1827 zum Druck befördert
und eingehend erläutert. Seit den dreißiger Jahren
gab die 'Schleswig=Holstein=Lauenburgische Gesellschaft
für vaterländische Geschichte' unter Falcks Präsidium
einen belebenden Mittelpunct ab, und die 'Nordalbingischen
Studien', ihr litterarisches Organ, erhoben sich unter der
Redaction von Waitz sehr hoch über das gewöhnliche
Niveau einer localen historischen Zeitschrift.

In den 'Nordalbingischen Studien' begann Müllen=
hoff 1844 seine schriftstellerische Laufbahn,[1]) und zwar
auf demselben Gebiet, auf dem er sie nach vierzig Jahren
schließen sollte, mit einem Beitrage zur deutschen Mytho=
logie.

'Der altsächsische Gott Welo', den er entdeckt zu
haben meinte, führte freilich nur ein kurzes Leben: denn
der Entdecker selbst glaubte bald nicht mehr an ihn und
wurde nur mit 'seinem' Gotte von den Freunden noch
lange geneckt. Aber eben dieser Aufsatz bekundete schon
Müllenhoffs Interesse für den germanischen Dioskuren=

---

[1]) In demselben Jahre schrieb er allerdings einen Artikel
'Unsere Sagen' in die Neuen Kieler Blätter und eine Nibelungen-
Recension in die Neue Jenaische allgemeine Litteraturzeitung; die
genaue Chronologie innerhalb des Jahres kenne ich nicht; aber
es kommt hier auf selbständige Forschung an.

5

mythus, den er unausgesetzt im Auge behielt. Seine Untersuchungen darüber hat er erst kurz vor seinem Tode theilweise zum Abschluß gebracht.

Andere Aufsätze folgten noch in demselben Bande. Aus umfänglichen Sammlungen über die deutschen Personennamen wußte Müllenhoff schöne Resultate für die germanischen Walküren zu gewinnen; und im Zusammenhang mit der ältesten Landesgeschichte begannen jene Untersuchungen über das angelsächsische Epos, die gleichfalls erst in seiner letzten Lebenszeit vollendet wurden.[1]

Hier zeigt sich schon ganz der Müllenhoff, wie ihn seine Fachgenossen kennen, nur noch kühner, combinationslustiger, nicht so methodisch voranschreitend, aber ganz ebenso fein in seinen Combinationen und ebenso energisch auf die dunklen Urzeiten zuschreitend in der sichren Erwartung, daß sie sich erhellen müßten. Von der Heimath aus umspannte er bald die ganze germanische Welt; und zur vaterländischen Vergangenheit zieht ihn nicht blos die Neugier des Forschers, sondern auch das Herz: 'die alte Zeit möge uns keine fremde sein', so schließt einer dieser Aufsätze: 'denn sie war eine starke und unverzagte.'

---

[1] Der Aufsatz über den Dioskurenmythus, genauer über Frija und den Halsbandmythus, d. h. nach Müllenhoff die älteste Gestalt des Dioskurenmythus, ist durch Dr. Niebner im 30. Bande der Zeitschrift für deutsches Alterthum (1886), die Untersuchungen über das angelsächsische Epos sind durch Dr. Lübke als besonderes Buch ('Beovulf' 1889) aus Müllenhoffs Nachlaß herausgegeben worden.

Aber schon bereitete er Größeres vor: im Herbst
1844 fingen die 'Sagen, Märchen und Lieder der Herzogthümer Schleswig, Holstein und Lauenburg' zu erscheinen
an und lagen im November 1845 fertig vor; im Mai
1845 war Müllenhoffs Untersuchung über die Gudrun
herausgekommen: zwei kapitale Leistungen; wissenschaftliche Erstlinge, wie sich deren nur wenige Gelehrte
rühmen können.

Es mag ihm eine besondere Befriedigung gewesen
sein, die beiden Bücher an den Mann zu schicken, bei
dem er sein erstes deutsches Colleg gehört und der durch
den Hinweis auf Lachmann so bedeutsam in seine Entwickelung eingegriffen hatte: an Moriz Haupt. Was
ihm dieser antwortete, dient zur Charakteristik sowohl
Haupts als Müllenhoffs und zur Charakteristik der
Werke, um die es sich handelt. Haupt schrieb:

Leipzig 17. December 1845.

Hochgeehrter Herr Doctor.

Empfangen Sie meinen späten, aber herzlichen Dank für Ihre
schönen Geschenke.

An Ihren Sagen habe ich meine wahre Freude. Die Sammlung überrascht durch ihre große Reichhaltigkeit und zeigt auf
jedem Blatte, daß sie mit dem rechten Sinn und der rechten
Kenntniß unternommen worden ist, und die schwere Kunst, in der
Erzählung solcher Ueberlieferungen den rechten Ton zu treffen,
haben Sie sich in hohem Grade angeeignet, oder vielmehr das
eindringende Verständniß hat Ihnen von selbst diese Kunst gegeben. Auch Ihre einleitende Abhandlung hat meinen vollen
Beifall, und es hat mir sehr wohl gethan nach den Un-

5*

bilben . . .¹) bei Ihnen treue Verehrung Jacob Grimms zu finden,
ohne den wir von allen diesen Dingen wenig verstehen, ja sie
nicht einmal recht angreifen würden. Möge Ihnen nun für Ihr
Werk der Lohn reichen und freudigen Nachsammelns zu Theil
werden. Auch die Anerkennung, die Ihre Sammlung in Ihren
Gegenden gefunden hat, freut mich sehr, schon als eines der Zeichen
des schönen deutschen Sinnes, der dort erwacht ist.

Meine Bemerkungen zur Gudrun im letzten Hefte meiner
Zeitschrift²) sind vor mehr als Jahresfrist niedergeschrieben; in
die Druckerei gab ich sie an demselben Tage, an dem ich Vollmers
sehr mittelmäßige Ausgabe erhielt. Ihre Schrift hatte ich gesehen, aber auch nur gesehen, und das Exemplar, das ich Ihrer
Güte verdanke, war noch nicht in meinen Händen. Hätte ich
Ihre Arbeit schon gekannt, so würde ich meine Worte vielleicht
anders gefaßt haben, aber ohne andere Ueberzeugung auszu-
sprechen.

Hiermit habe ich vielleicht schon zu viel gesagt. Ich will
aber Ihre Freundlichkeit nicht durch Zurückhaltung, sondern durch
Offenheit erwidern. Als ich Ihr Buch gelesen hatte, trug ich mich
eine Zeit lang mit dem Gedanken einer Recension. Denn angeregt hatte es mich sehr, und die Gudrun kenne ich aus sechzehn-
jähriger Beschäftigung; auch war ich mir bewußt, Ihre Schrift
mit offenen und unverblendeten Augen gelesen zu haben. Dennoch

---

¹) Hier lasse ich vier Worte weg.

²) Zeitschrift für deutsches Alterthum 5. 504. Der Aufsatz beginnt: ›Bei
dem Gedichte von Gudrun wird die höhere Kritik, auch die mit eindringendem
Scharfsinne und strenger Methode ausgeübte, nach meiner festen Ansicht auf
die sicheren und reinlichen Ergebnisse verzichten müssen, die Lachmann den
Nibelungen abzugewinnen gewußt hat. Es ist zwar leicht zu fühlen, daß die
ursprüngliche Erzählung durch viele und zum Theil widersprechende und
selbst alberne Zusätze getrübt ist; es mag auch gelingen, die Abschnitte der
Begebenheiten aus den verbergenden Zuthaten herauszufinden, und man wird
ohne Verwegenheit annehmen dürfen, daß die zusammengehörigen Gruppen
der Ereignisse ursprünglich in einzelnen Liedern gesungen wurden: aber diese
einzelnen Lieder in ihrer echten Gestalt aus dem überlieferten Gedichte heraus-
zuschalen, dünkt mich noch viel weniger möglich, als selbst Lachmann es ver-
mocht hätte, die Nibelungenlieder aus der letzten Bearbeitung der Sammlung
mit Sicherheit und im einzelnen überzeugend auszusondern.‹

schwankte mein Entschluß (und dieses Schwanken ist schuld, daß ich Ihnen so spät danke), weil einige Ihrer Aeußerungen mir Ihre Ansichten als so feste, oder soll ich sagen verhärtete, darstellten, daß eine Recension (die man doch vornehmlich für den Verfasser des beurtheilten Buches schreibt) mir als verlorene Mühe erscheinen mußte.

Jetzt sagen Sie in Ihrem Briefe, freundlich und gütig, mein Urtheil werde Ihnen erwünscht sein, fügen aber gleich hinzu, Sie möchten im Einzelnen geirrt haben, rechneten aber 'im Ganzen und im Resultate auf die Beistimmung aller, die sich überzeugen lassen wollen und nicht von vornherein, wie v. d. Hagen bei der Nib. Noth, solche Untersuchungen für unzulässig halten'; und Sie wollen dieses 'immer wiederholen'.

Lassen Sie mich, mit einer Offenheit zu der eigentlich längere Bekanntschaft mich berechtigen müßte, gestehen, daß das Ausspielen solcher Trümpfe mir die Spiellust verdorben hat. Bei so sicherer Festigkeit ist Verständigung unmöglich, und wenn ich meine Gegengründe vor Ihnen ausbreitete, so würde mir dies ja nur zu der ungewohnten Nachbarschaft Hagens verhelfen.

Ich muß mich also, um weder das qui tacet consentit auf mich anwenden zu lassen, noch mir eitele Mühe zu geben, mit dem Bekenntnisse begnügen, daß meine Ansicht von höherer Kritik in der Gudrun noch immer die in meiner Zeitschrift ausgesprochene ist. Meine Meinung von Ihrer Schrift ist gerade das Gegentheil der Ihrigen. Ich finde Einzelnes sehr schön und wahr, und freue mich, Manches längst ebenso betrachtet zu haben (daß die Gudrun ein österreichisches Gedicht ist, dafür spricht manches von Ihnen nicht bemerkte), dagegen scheint mir das ganze Ergebniß zwar scharfsinnig gewonnen, aber unwahr. Ja, ich bekenne, daß ich in Ihrer Gudrun (was Sie das echte Gedicht nennen) vieles nicht einmal verstehe; ich meine hiermit nicht einzelne Strophen, deren Lesart verwerflich ist (denn die Schwächen Ihres Textes betrachten Sie mit Recht als unwesentlich), sondern Zusammenhang und Klarheit der Erzählung schwindet mir oft unter den Händen, und ich glaube, auch einem Leser des dreizehnten Jahrhunderts würde es so ergangen sein.

Nur eine einzelne Bemerkung erlaube ich mir noch, eine Art Selbstrechtfertigung, zu S. 90: kristen mensche enthält ohne allen Zweifel keinen Gegensatz zu Heiden oder Sarazenen, sondern es ist eine sehr häufige Formel für jemand; und er in der folgenden Zeile (wie wau daz zum Ueberflusse lehrt) bezieht sich nicht auf kristen mensche, sondern auf Horant. Auch Lachmann erklärt so. Meinen oder Ettmüllers Gedanken an eine merminne gebe ich nur als Vermuthung, aber Ihr Spott über Ettmüller ist ungerecht; denn nach seiner und meiner Erklärung steht in der Gudrun, daß Horant seine Weise von einem Meerweibe lernte. Hier mag Widerlegung frommen, aber zu verhöhnen war hier nichts.

Mögen Sie meinen Brief mit der Gesinnung aufnehmen, mit der ich ihn schreibe. Entweder bleibt Ihr Glaube an die Untrüglichkeit Ihrer Hauptergebnisse derselbe, und dann kann Sie die Ketzerei eines Einzelnen, der sich vielleicht noch bekehrt, wenig anfechten, oder Sie selbst fangen nach und nach an zu zweifeln, und dann ist es Zeit, Verständigung zu versuchen.

Wenigstens soll es keine Begütigung sein, sondern der Ausdruck wahrer Ueberzeugung, wenn ich mit der Versicherung schließe, daß ich, obwohl im Ganzen nicht beistimmend, doch in Ihrer Schrift bedeutende Schritte gethan sehe, die einem Ziele näher führen, das mir ganz nicht erreichbar scheint.

　　　　　Mit aufrichtiger Hochachtung

　　　　　　　　　　　　　Ihr ergebenster
　　　　　　　　　　　　　　M. Haupt.

In welchem Maße sich Müllenhoff die Achtung eines hervorragenden Fachgenossen durch seine Erstlingsschriften errungen hatte, geht aus dem Briefe unzweifelhaft hervor; und die wissenschaftliche Differenz, welche darin zu Tage tritt, ist noch bis heute nicht geschlichtet. Wie man aber auch darüber denken mag, nur daß Müllenhoff zu viel gewollt, daß er Unerreichbares angestrebt, kann

ihm vorgeworfen werden. Er war, indem er das echte
Gedicht von Gudrun aus der Masse des Ueberlieferten
herauszuschälen suchte, mit einer Kühnheit und Sicherheit
zu Werke gegangen, die ihm zeitlebens geblieben ist,
und mit einem wählerischen Geschmack, einer Fähigkeit,
die höhere von der minderen Kunst zu unterscheiden,
die ihm bei ähnlichen Aufgaben noch oft zu gute kommen
sollte.

Eben diesen Geschmack bewährte er auch in der
Redaction und Anordnung der schleswigholsteinischen
Sagen, Märchen und Lieder, und zugleich eine energische,
vorwärtsdrängende Arbeitskraft, die ihm leider späterhin
nicht mehr getreu blieb.

Während Müllenhoff in Melborf seine Gedanken
auf diese Sammlung richtete, hatten zwei Freunde,
Theodor Mommsen und Theodor Storm, unabhängig
denselben Plan gefaßt und traten im Herbst 1842 damit
hervor. Man war bald einig, sich zusammenzuthun.
Aber erst im November 1843 erließen die nunmehr ver-
bundenen Genossen ihren öffentlichen Aufruf mit der
Bitte um Beiträge aus dem Munde des Volkes, und
obwohl Mommsen nach Italien ging und auch Storm
sich zurückzog, so konnte das Buch schon binnen Jahresfrist zu erscheinen anfangen, und wieder nach Ablauf
eines Jahres die Arbeit zum Ziele kommen.

Mit großer Geschicklichkeit, Umsicht und Thätigkeit
waren die verschiedensten Kreise und Kräfte in Bewegung gesetzt worden. Mommsens Organisationstalent

kam dem Freunde wesentlich zu Hilfe. Müllenhoffs Vater
nahm innerhalb seines Kreises die Sache gleich sehr
energisch in die Hand. Jette Thaden hielt Umfrage, so
viel sie konnte. Kolster setzte seine Gymnasiasten in Be=
wegung und scheute nicht langwierige Erkundigungen.
Jeder jagte den Ueberlieferungen nach, die er einmal
vernommen zu haben sich entsann, und ruhte nicht, bis
er ihrer in authentischer Form habhaft geworden war.
Und wenn auch nicht jede Jagd Beute brachte, wenn
auch manche Lieder oder Sagen sich hartnäckig der
Wiederauffindung entzogen: so lief doch ein über=
raschend reiches Material bei Müllenhoff ein; die ge=
druckten Quellen waren bald ausgebeutet; und für das
historische Verständniß sorgte eine Einleitung, welche,
voll von neuen Aufschlüssen und in jedem ihrer Theile
höchst anregend, den Keim zu vielen späteren Müllen=
hoffischen Untersuchungen enthält und für die künftigen
litteraturgeschichtlichen Leistungen ihres Verfassers das
günstigste Vorurtheil, ja die größten Hoffnungen er=
wecken mußte.

Abgesehen aber von dem wissenschaftlichen Werthe,
durfte die Sagensammlung sich ein gemeinnütziges und
patriotisches Unternehmen nennen. Sie hat ihren be=
scheidenen Antheil gehabt an der Hebung des Volks=
bewußtseins in den Herzogthümern. Sie stand im
engen Zusammenhange mit den Bestrebungen der Ge=
sellschaft für vaterländische Geschichte. Uraltes deutsches
Geistesleben sollte in ihr für die späten Enkel wieder

fruchtbar werden. Man fühlt sich an Müllenhoffs Pro-
motionsrede erinnert, wenn es in dem Aufrufe heißt:
'Man hat uns immer unpoetisch gescholten: unsere Sagen
mögen bald Besseres lehren. Hier hat sich am längsten
alte Sitte und alter Glaube gehalten: die Wissenschaft
wird reiche Ausbeute in ihren Ueberresten finden zum
Verständnisse der Vergangenheit und zur Freude und
Erhebung der Gegenwart.'

Die Wirkung im Volk war gelegentlich allerdings
auch noch eine andere als die beabsichtigte, wie folgende
Geschichte zeigt.

Ein Arzt wird zu einem Manne gerufen, den ein
Schwein beim Schlachten mit seinem Hauer verwundet
hat, und findet ihn in einem alten zerlesenen Buche
lesend. Er fragt, nachdem er ihn verbunden, was er
denn da lese. Der Kranke antwortet ihm ausweichend:
'Ja, ik löw dor nich an, aber vele Lüd de bruft dat.'
Der Arzt erkundigt sich, ob es etwa ein medicinisches
Buch sei. 'Ja, dat is so en ol Docterbook.' Der Arzt
sieht hin, erblickt abgesetzte Reimzeilen. Der Mann aber
bekräftigt von neuem: 'Ja, ik löw dor nich an.' Da
sieht der Arzt nach dem Titel und findet — Müllenhoffs
Sagen, Märchen und Lieder . . .

Gewissermaßen konnte auch die Gudrun für eine
heimathliche Sage gelten. Da ihre Helden 'Dänen,
Friesen, Holsteiner und Ditmarschen sind', wie Müllenhoff
einmal sagte. Aber noch war sie nicht im Drucke
vollendet, so stand sein Sinn schon auf eine größere

Arbeit über nordische und deutsche Heldenpoesie, so weit diese die Ost= und Nordsee zu ihrem Spielraum hat, und man sieht, wie der Kreis, den die Gudrun um= schließt, sich vergrößert, und wie die geographische Lage der Heimath doch immer noch dafür bestimmend bleibt. Aber nicht lange, so empfand er die Nöthigung, darüber hinauszugreifen.

Wer eine Sage historisch verstehen will, muß den Ort kennen, auf dem sie entstand. Die Sagenforschungen drängten von selbst zu ethnographischen Untersuchungen, und wie der Aufruf zur schleswigholsteinischen Sagen= sammlung das nationale Moment, die Zusammen= gehörigkeit mit Deutschland, die Einheit der Volksüber= lieferung betonte, so mußte auch die eindringende Be= trachtung der ältesten Sagen von den Gestaden der Nord= und Ostsee aus das gesammte Vaterland um= fassen und die ursprüngliche Stammestheilung in Er= wägung nehmen, die ursprünglichen Stammsagen zu er= mitteln und dann freilich den Grund alles äußeren und inneren nationalen Lebens in den ältesten erkennbaren Zuständen des Germanenvolkes aufsuchen.

Von dem festen Punkte der heimathlichen Geschichte und Sage aus, von dem Interesse, welches Dahlmann mit seinen Arbeiten über Neocorus angeregt hatte, und welches in einem treuen pietätvollen Herzen kaum der Anregung bedurfte, haben sich Müllenhoffs wissenschaft= liche Pläne Schritt für Schritt und mit strenger Folge=

richtigfeit zu einer umfassenden Untersuchung über die
Ursprünge unseres Volkes entwickelt.

Schon zu Anfang 1847 schloß er einen Aufsatz über
Tuisco und seine Nachkommen ab, in welchem er für
Ethnographie, Mythologie und Heldensage den Stand=
punct gewann, den er nachher unverrückt festhielt; und
im Herbst desselben Jahres, am 30. September 1847,
entwickelte er auf der Germanistenversammlung in Lübeck
die Grundgedanken seiner deutschen Alterthumskunde.

Er zeigte, wie die älteste deutsche Poesie, im Chore
gesungen und mythischen Inhalts, eine Frucht des
ältesten germanischen Lebens sei; wie die germanischen
Mythen mit den indogermanischen zusammenhängen, sich
gleich der Sprache fortpflanzen und verwandeln; wie
der Naturzustand der Deutschen, ihr wilder, zugleich
friegerischer, poetischer und religiöser Enthusiasmus sich
wohl ein Jahrtausend lang in ihrer europäischen Heimath
fortsetzte und ausbildete; wie dieses Volk dann in Be=
wegung kam und durch die große Wanderung, zunächst
bei den Gothen, eine historische mit den alten Mythen
versetzte Dichtung erhielt, während der alte Enthusiasmus
sich herabstimmte und durchaus persönliche Motive, Hab=
gier und Ehrgeiz, die Gemüther beherrschten.

Die deutsche Heldensage, deren Wesen und Geschichte
Wilhelm Grimm und Lachmann zu erforschen suchten,
die deutsche Heldensage als die letzte Blüthe rein
nationaler, durch keine fremde Kultur getrübter Poesie
stand im Mittelpunct; und um ihre mythischen Wurzeln

bloßzulegen, mußte ein Gemälde des germanischen Alter=
thums, der Völker und Stämme, der Religion und Ver=
fassung, des Rechtes und der Sitten entrollt werden, wie
es noch keines gab, wie nur die Anfänge dazu in Jacob
Grimms Schriften vorlagen.

Und eben hierzu war Müllenhoff entschlossen. Zwei
Jahre nachdem seine Erstlinge erschienen waren, fünf
Jahre nachdem er sich den deutschen Studien entschieden
zugewandt, hatte er den Zusammenhang von An=
schauungen ergriffen, welchen darzulegen und eingehend
zu begründen er sich zur Lebensaufgabe machte. Kurze
Zeit vor den großen Entscheidungen und Stürmen des
Jahres 1848 warf er die Loose für seine ganze übrige
Laufbahn und faßte den Vorsatz, an dessen Durchführung
er seine beste wie seine letzte Kraft setzen sollte.

Nicht lange vorher war auch seine äußere Lebens=
stellung aus dem Provisorium ins Definitivum über=
gegangen. Am 2. März 1846 ward er zum außer=
ordentlichen Professor der deutschen Sprache, Litteratur
und Alterthumskunde ernannt.

Es ist rührend zu lesen, mit welchem Jubelruf sein
Vater die Nachricht von der vollzogenen Ernennung be=
grüßte: 'Welch glücklicher Prinz bist doch Du, mein
Karl, und wie hat uns die Nachricht glücklich gemacht!
Siebenundzwanzig Jahr alt und Professor!' Und so geht
es weiter in einem wahren Rausche von Stolz und
Freude. Wie Jette Thaden die Nachricht aufnahm,
wissen wir nicht: schwerlich ebenso stürmisch, denn das

war nicht ihre Art, aber ohne Zweifel mit der tiefsten
Empfindung von Dank und Glück.

Endlich konnte an die Hochzeit gedacht werden. Der
Vater suchte sie jetzt hinauszuschieben, wie Eltern im
entscheidenden Augenblick immer thun. Aber die Ver=
lobten ließen sich nicht abhalten. Die Hochzeit fand am
5. Mai 1846 statt. Wilhelm Nitzsch hatte den Freund
dazu begleitet und brachte seine ganze behagliche Heiter=
keit mit. In einem Polterabendscherz traten zwei
Krabbenverkäuferinnen aus Büsum auf, die sich über
den Kieler Professor bitter beklagten, weil er in seinem
Sagenbuche den Büsumern so viel Uebles nachgesagt
habe.

Das junge Paar fuhr alsbald nach Kiel ab; und
aus den Briefen, die Müllenhoff nachher schrieb, klang
seinen Freunden ein warmer Ton tiefer Zufriedenheit
entgegen. Seine Frau trat mit einer gewissen Scheu
in den Kreis der Professoren ein, aus dem man ihr
doch zeitlebens die reinste Hochachtung und Verehrung
entgegentrug: Ihre stille Festigkeit ist allen unvergeßlich,
die sie gekannt; und, wie es in guten Ehen zu gehen
pflegt, ihr Mann gewöhnte sich, seine ganze Existenz,
auch seine wissenschaftliche Thätigkeit, nur auf sie zu
beziehen. Es war ihm, je länger, je mehr, als ob er
für sie allein schaffte. Sie hatte Gelegenheit vollauf,
ihre häuslichen Tugenden zu bewähren. Leider nahm sie
das Leben schwer; vergeblich mahnte sie der Schwieger=
vater davon ab und stellte ihr seine eigene sorglose

Fröhlichkeit zum Muster auf. Es lag in ihrer ernsten
Natur und in den Verhältnissen, daß sie nicht recht zu
einem freien Aufschwung kam. Vier Kinder folgten sich
rasch, drei Knaben und ein Mädchen. Es war viel
Krankheit im Hause. Die Einnahmen stiegen nur wenig.
Man mußte die Mittel knapp zusammenhalten und viel=
fach Entsagung üben: Müllenhoff ist fast neun Jahre
Jahre lang Extraordinarius geblieben.

Er hatte als Privatdocent über ältere deutsche Litte=
ratur nebst Erklärung ausgewählter Stücke (oder Ge=
schichte der deutschen Poesie bis zum vierzehnten Jahr=
hundert), über das Nibelungenlied, über Goethe und
seine Zeit, über deutsche Grammatik, über deutsche und
nordische Mythologie, über ausgewählte Eddalieder und
die Fridthiofssaga, über deutsche Lyrik des Mittel=
alters, über germanische Völker und Stämme gelesen
oder doch Vorlesungen angekündigt, wozu noch Pri=
vatissima über Gothisch, Angelsächsisch, Altnordisch kamen.
In einem Gesuch um Verleihung einer außerordentlichen
Professur vom 1. Mai 1845 giebt er außerdem die Ab=
sicht kund, Vorlesungen über die Geschichte der dänischen
Litteratur seit den ältesten Zeiten, über die neueste
deutsche Litteratur, über germanische Alterthümer, Sitten
und Gebräuche, ferner über allgemeine Grammatik der
romanischen Sprachen nebst Erklärung eines spanischen
oder italienischen Dichters zu halten; aber die Anführung
des Dänischen hatte wohl nur den Zweck, seine eventuelle
Bereitwilligkeit zur Uebernahme der erledigten Stelle

eines dänischen Lectors auszubrücken; und das Romanische soll gewiß ebenso nur die Bereitwilligkeit zur Uebernahme einer Professur der modernen Sprachen im allgemeinen ausdrücken, falls man ihm einen derartigen Lehrauftrag ertheilen wollte.

Da man nun seine amtlichen Pflichten seiner bis= herigen Lehrthätigkeit gemäß abgrenzte, so brauchte er dieselbe nicht wesentlich zu erweitern. Nur trat hinzu eine Vorlesung über die 'Germania' des Tacitus, Ge= schichte der deutschen Dichtung vom achtzehnten Jahr= hundert ab, Goethes Faust, einige Interpretationen (Hartmanns Erec; Walther von der Vogelweide; Ot= fried; ausgewählte Gedichte Goethes, Schillers und Uhlands), einmal Geschichte der deutschen Prosa mit Interpretationen aus Wackernagels Lesebuch, einigemale Stilübungen.

Der äußere Erfolg dieser Vorlesungen war gering. Wüßte man es nicht bestimmt aus Müllenhoffs gleich= zeitigen Briefen, so könnte man es schon aus den Lectionskatalogen ablesen. Man gewahrt deutlich einen Docenten, der keinen festen Umkreis seiner Thätigkeit gewinnen kann, der noch immer werben muß um sein Publicum und den rechten Weg nicht findet. Wiederholt brachte er sein Colleg nicht zu Stande und kündigte dann dieselbe Vorlesung im nächsten Semester noch einmal an.

Die deutschen Studien hatten in Kiel offenbar keinen Boden, und Müllenhoff wählte nicht das einzige Mittel. das vielleicht geholfen hätte: eine glänzende Popularität,

welche die Menge anzog und aus dieser Menge ihm
nähere und streng arbeitende Schüler zuführen konnte.
Er bemühte sich aber vor allem dahin zu wirken, wie
er selbst es ausdrückt, 'daß jeder Gedanke einer Ver=
wechselung seiner Studien und der von ihm vertretenen
Disciplin mit oberflächlicher Aesthetik und Schöngeisterei
fern bleibe oder sofort verscheucht werde, daß vielmehr
die Einsicht gewonnen werde, daß und auf welche Weise
in der Behandlung der neueren Sprachen und Litte=
raturen und des Alterthums der modernen Völker die
ganze Strenge philologischer Methode und Kritik festzu=
halten, ja zu verdoppeln sei.' Er wußte wohl, daß er
durch diesen Grundsatz seine akademische Wirksamkeit
hinsichtlich ihrer Ausdehnung schädigte; er glaubte sie
aber ihrem Gehalt und Werthe nach dadurch zu erhöhen.

In der That machte er die Erfahrung, daß die
wenigen, die sich ihm anschlossen, auch wirklich seine
Schüler wurden und den ganzen Cursus seiner Vor=
lesungen und Uebungen mit entsprechendem Erfolge
durchmachten. Kolster, der Gelegenheit hatte, einen von
Müllenhoffs Zuhörern auszuforschen, schrieb ihm: 'Das
Bedeutsame, Tüchtige und Gründliche Ihres Vortrages
findet Anerkennung, wenn auch vielleicht einer und der
andere lieber von Ihnen elektrisirt und begeistert, als
auf das eigne Nachdenken hingewiesen wäre. Gewiß
erschweren Sie sich die Aufgabe gar sehr, indem Sie
sagen, Sie dürften sich nicht auf den Standpunkt des
Hörers stellen, sondern sollten frei vor ihm produciren.

So wird es eben darauf ankommen, ob Ihre Zuhörer
sich zu Ihnen erheben werden, und Sie werden Gefahr
laufen, manchen guten redlichen Knaben von etwas
hausbackenem Wesen von sich zu entlassen, wie Me-
phistopheles den Schüler, nur daß, wenn der Funke des
Geistes in ihm zündet, er keinen Schlangenrath in seinem
Gedächtnisse findet.'

Nur einer von Müllenhoffs Schülern zu Kiel hat die
deutsche Philologie als Fach festgehalten, Rochus
von Liliencron, der am 27. Juni 1846 mit einer Dissertation über Neidhart von Reuenthal promovirte. Moriz
Haupt, der competenteste Richter, der seit lang eine Ausgabe des Neidhart vorbereitete, urtheilte darüber in
einem Briefe an Müllenhoff (vom 30. Januar 1847):
'Der Aufsatz hat mir in seiner Frische, Schärfe und
Sinnigkeit sehr wohl gefallen; als die Arbeit eines, wie
er schrieb, jungen Mannes scheint er mir aller Ehren
werth und schönere Hoffnungen zu wecken.'[1]

Das Glück, einen jüngeren Mann zu gleichgesinnter

---

[1] Haupt fährt fort: 'Auch im einzelnen halte ich vieles für
sehr richtig gefunden und freue mich), nicht nur meine im Stillen
gemachten Beobachtungen zum Theil hier wiederzufinden, sondern
auch dadurch bei meiner Ausgabe mancher Auseinandersetzung
überhoben zu sein. In einigen Punkten kann ich nicht beistimmen,
z. B. wenn Neidharts Poesie eine Art von Satire auf die Ritter
sein soll. Aber im Ganzen muß ich den Druck dieses Aufsatzes
für sehr wünschenswerth halten.' Er erbietet sich dann, ihn in
seiner Zeitschrift zu drucken, in deren sechstem Band er in der
That erschien.

Thätigkeit anzuleiten und die in ihm schlummernden
Kräfte zu wecken, die Freude, seine Ansichten, seine
Methode einem andern einzupflanzen und sich selbst so
gleichsam zu vervielfältigen, hat Müllenhoff hier zum
ersten Male genossen.

Liliencron ging bald nach seiner Promotion von Kiel
fort und widmete sich in Kopenhagen einem näheren
Studium der altnordischen Litteratur. Als er nach Kiel
zurückkehrte, wurde hierin Müllenhoff gewissermaßen
wieder sein Schüler, und seit dem Herbst 1850 stand
ihm Liliencron als College, speciell als erster ordentlicher
Professor der scandinavischen Philologie, zur Seite. In
der 1852 erschienenen Schrift 'Zur Runenlehre' traten
sie gemeinsam auf.

Aber schon mit dem Wintersemester 1851 auf 1852
erreichte das Zusammenwirken sein Ende. Die im Jahre
1852 einbrechende dänische Willkürherrschaft vertrieb Herrn
von Liliencron, wie so manchen seiner Collegen, und die
Universität Kiel war bald tief geschädigt. Am 12. Juni
1852 wurde der alte Nitzsch abgesetzt und dem holsteinischen
Schulwesen damit das Haupt genommen.

Die classische Philologie war in Kiel nunmehr durch
den einzigen Forchhammer vertreten; und Müllenhoff
betrachtete es als Pflicht, über seine deutschen Vor=
lesungen in die Lücke mit einzutreten. Er nahm, was
ihm zunächst lag, den Tacitus, kündigte aber für den
Winter 1852 auf 1853 Interpretation nicht blos der
Germania, sondern auch der Annalen des Tacitus an.

Im Sommer 1853 las er, wieder mit Anknüpfung an seine Fachinteressen, Geographie und Ethnographie der Alten mit Interpretation des Strabo; im Winter darauf Properz und im Sommersemester 1854 die Episteln des Horatius: über beide besaß er Lachmannsche Hefte. Im Sommersemester 1854 las er überdies, auf Verlangen seiner Zuhörer vom vorhergehenden Winter, Ilias.

Endlich aber ward am 26. August 1854 Georg Curtius von Prag her als Nachfolger von Nitzsch berufen. Müllenhoff hatte zum Winter wieder Tacitus Germania angekündigt, brachte aber kein Colleg zu stande, obgleich sonst überhaupt keine lateinische Interpretation gehalten wurde.

Er las wenigstens, einmal wöchentlich, in einem Institut vor jungen erwachsenen Damen deutsche Litteraturgeschichte, was ihm viel Freude machte und, wie er meinte, auch Nutzen brachte: 'Ich habe selten oder nie', schrieb er, 'ein so lernbegieriges und aufmerksames Publicum gehabt, und alles das, worüber man Jahre lang gedacht und theilweise auch geforscht hat, einmal kurz und bündig, klar und angemessen zusammen zu fassen, ist zwar nicht leicht, aber sehr lehrreich und vortheilhaft.'

Er hatte schon früher einmal an der Universität deutsche Litteraturgeschichte seit dem sechzehnten Jahrhundert angekündigt; die Vorlesungen für Damen und ihr Gelingen mögen ihn veranlaßt haben, nun auch den Studenten einmal die ganze Geschichte der deutschen

Dichtung bis auf die Gegenwart vorzutragen: was er zum Wintersemester 1855 auf 1856 anzeigte.

Mittlerweile war er, am 30. December 1854, endlich ordentlicher Professor geworden und seine äußere Lage damit wesentlich gebessert.

Um dieselbe Zeit fing man an, seinen Namen, der bis dahin nur in Schleswig-Holstein und unter den Fach= genossen bekannt war, in dem weiteren Kreise der deutschen Lehrer= und Gelehrtenwelt sowie des gebildeten Publicums zu nennen. Es waren die Zeiten der Schulreform, des Nibelungenstreites und der Müllenhoffschen Arbeiten für den 'Quickborn'. Denn die Alterthumskunde stellte sich je länger je mehr als ein Werk von langem Athem heraus; nicht mit einer zusammenfassenden Darstellung seiner eigenen wissenschaftlichen Gedanken erschien Müllen= hoff zunächst auf dem Markte, sondern als strenger Pädagog, als gefürchteter Kritiker und als sorgsamer philologischer Genoß eines Dichters.

Wie die schleswigholsteinische Erhebung auf Müllen= hoff wirkte, läßt sich im einzelnen nicht erkennen; im ganzen wird er die typischen Empfindungen aller Pa= trioten durchgemacht haben: große Hoffnungen, bittere Enttäuschungen. Aber wenn die Bewegung des Jahres 1848 gleich auf dem Gebiete des Schulwesens einen heftigen Reformeifer entzündete, Schulzeitungen ent= standen, Lehrerversammlungen abgehalten wurden, end= lose Debatten anfingen und das Schlagwort 'größere Berücksichtigung der neueren Sprachen und der Realien'

zahlreiche Anhänger fand: so documentirte sich Müllenhoff
ohne Schwanken als einen Conservativen, der für die
classischen Studien eintrat und den Naturwissenschaften
sowie der Mathematik die Fähigkeit absprach, etwas
Wesentliches zur humanen Bildung beizutragen.

Die ganze moderne Bildung, sagte er, ist eine so
vielfach vermittelte und complicirte und alle modernen
Litteraturen haben eine so unendlich bunte und so viel=
fältig gespaltene Welt zu ihrer Voraussetzung, daß schon
eine ganz besondere Befähigung des Geistes dazu ge=
hört, sie in sich aufzunehmen.

Allein es ist nicht genug, die Bildung blos aufzu=
zunehmen; es gilt vielmehr, sie tiefer zu erfassen, sie zu
verarbeiten, zu revidiren, sie neuzugestalten und fortzu=
entwickeln.

Um die Geister dazu zu befähigen und vorzubereiten,
bedarf die Schule nothwendig eines Mittels, das außer=
halb der modernen Welt liegt, wie die beiden alten
Sprachen und Litteraturen.

Die alte Welt, von der unsrigen grundverschieden,
aber gleichwohl in sich vollendet, zeigt den ganzen
Menschen nach allen Seiten hin entwickelt, auf einer
hohen Stufe mannigfaltigen Könnens. Und die besten
Leistungen des Alterthums sind nicht blos dem Manne,
sondern auch dem Knaben und dem heranreifenden
Jüngling zugänglich.

Je größere Schwierigkeiten dabei im einzelnen zu
überwinden sind, desto mehr wird der vordringende

jugendliche Geist die Geschmeidigkeit und Stärke, den
Ernst und die Gründlichkeit erlangen, die niemand ent=
behren kann, der im Staat, in der Kirche, in der
Wissenschaft wirken und schaffen soll.

Und je früher man mit dieser Gymnastik des Geistes
beginnt, je entschiedener man den ganzen Unterricht auf
dieses eine Ziel anlegt, desto vollständiger wird man es
erreichen können.

Vielfältige Kenntnisse und die Fähigkeit, davon in
einem bestimmten Kreise Gebrauch zu machen, genügen
nicht. 'Der Mensch ist mehr und soll mehr sein, als
eine Maschine und ein Conversationslexikon. Wer in
dies Leben, wo Mensch dem Menschen und Geist dem
Geiste gegenübersteht, ordnend und schaffend, leitend und
belebend eingreifen will, dessen Geist bedarf vor allen
Dingen einer Energie, die ihn seine beste Hilfe stets an
ihm selber finden läßt.' Und es giebt kein zweites
Mittel, welches ebenso dazu angethan wäre, dem Geiste
diese Kraft und Gewandtheit zu verleihen, als der Unter=
richt in den alten Sprachen.[1])

Wenn aber Müllenhoff den pädagogischen Werth der

---

[1]) 'Ein Votum über den deutschen Unterricht': Schleswig-
Holsteinische Universitäts- und Schul-Zeitung 1850, 20. Mai bis
25. Juni. Der Aufsatz ist zum Theil wörtlich wieder benutzt in
der Deutschen Vierteljahrsschrift 1851, Heft 4, S. 239—266 'Die
deutsche Philologie und die höhere Schulbildung'; und diese Arbeit
ihrerseits liegt der abschließenden Redaction in Mützells Zeitschr.
f. d. Gymnasialwesen Bd. 8 (1854), S. 177—199 'Die deutsche
Philologie, die Schule und die classische Philologie' zu Grunde.

classischen Sprachen und Litteraturen entschieden betonte,
so geschah das nicht mit einer kritiklosen Bewunderung
der classischen Philologie, wie sie dermalen bestand. Er
gebrauchte vielmehr gegen die selbstzufriedene Beschrän=
kung der classischen Philologen scharfe Worte; er empfahl
ihnen das Studium der Werke Grimms und Lachmanns;
er forderte von jedem Philologen, der die Schüler unter=
richten wollte, eine gewisse Vertrautheit mit der deutschen
Philologie, wenigstens mit der historischen Grammatik,
mit dem Mittelhochdeutschen, mit den typischen Gegen=
sätzen der mittelhochdeutschen Litteratur, der Volkspoesie
und der Kunstpoesie. Diese Dinge sollten als wesent=
liche Elemente in die Bildung des philologischen Lehrers
überhaupt aufgenommen und damit zugleich die Frage
des deutschen Unterrichtes gelöst werden. Ein mit den
wichtigsten wissenschaftlichen Errungenschaften der deut=
schen Philologie ausgestatteter Lehrer, der seine Schüler
auf der höheren Unterrichtsstufe an einigen mittelhoch=
deutschen Gedichten zum geschichtlichen Bewußtsein über
Sprache, Litteratur und Metrik, an neuhochdeutschen
Gedichten und Mustern der Poesie zu Geschmack und
Stilgefühl erziehe: das sei für den deutschen Unterricht
das allein Wünschenswerthe und Nothwendige.

Die strenge methodische Schulung, die Verbindung
von classischer und deutscher Philologie, die Vortheile,
die ihnen beiden daraus erwachsen, das alles hatte
Müllenhoff an Haupt und Lachmann schätzen gelernt; sein
eigenes Leben hatte ihn diesen Weg geführt, und die

tägliche Erfahrung des mit großen Problemen siegreich
ringenden Forschers ließ ihn das Schicksal dafür preisen;
die sichere Energie und zielbewußte Kühnheit, die er aus
der classischen Bildung ableitete, wohnte ihm selbst in
hohem Maße bei; die Unbefangenheit und Freiheit des
Standpunctes, die er an Lachmann bewunderte und auf
die Schule der deutschen Philologie zurückführte, durfte
er in sich selber fühlen: und dieses Erfahrene, Gefühlte,
Erlebte bestimmte sein Ideal, bestimmte die Forderung,
mit der er dem Unterrichtswesen gegenüber trat.

Ja, das eigene Erlebniß wirkte noch stärker mit, als
man auf den ersten Blick wissen kann; die Verhältnisse
in Kiel hatten ihm die Verbindung mit der classischen
Philologie in einem höheren Maß aufgedrängt, als ihm
ursprünglich lieb sein konnte; er machte aber aus der
Noth eine Tugend; er wünschte noch im Sommer 1854,
Professor der deutschen und classischen Philologie zu
werden; er wünschte noch kurz vor seiner Ernennung zum
Ordinarius eine Art Antheil am philologischen Seminar[1]):
es war gewissermaßen eine Art des Kampfes ums

---

[1]) 'Der alte Ritzsch hielt früher je einmal wöchentlich oder alle
vierzehn Tage eine Art deutsches Seminar, wo freie Vorträge gehalten wurden. Dergleichen soll man den Seminaristen zur Pflicht
machen und mir die Leitung übergeben, das würde ihnen und mir
vortheilhaft sein. Ich würde dann eine Stunde Uebungen halten,
sprachliche deutschgrammatische Uebungen, und in der anderen Vorträge über Litteratur 2c.' (er meint doch wohl: 'halten lassen'). An
Kolster 15. December 1854.

Dasein, wenn er den Philologen den Werth der deutschen Studien predigte.

Aber Bildung, Leben, Gesinnung, Bedürfniß und Ideal hingen hier unauflöslich zusammen und gipfelten in dem Verlangen nach dem freien selbständigen, ge= schichtlich gebildeten Menschen aus der Schule der classischen und deutschen Philologie.

Man muß wissen, wie fest diese Anschauungen in Müllenhoff wurzelten; man muß ihm nachfühlen können, wie innig sie mit der Verehrung Lachmanns zusammen= hingen; man muß bedenken, wie nach der natürlichen Empfindung eines pietätvollen Menschen die dankbare Verehrung eines geliebten Lehrers sich durch den Schmerz um den Tod desselben steigert, — um den über alles Maß heftigen Ton zu begreifen, den Müllenhoff an= schlug, als im Jahr 1854, drei Jahre nach Lachmanns Tod, Adolf Holtzmann und Friedrich Zarncke Lachmanns Kritik des Nibelungenliedes, die niedere wie die höhere, die Textgestaltung wie die Ansicht über die Entstehung des Gedichtes zum Gegenstand eines Angriffes machten, der freilich an Unbefangenheit und methodischer Strenge so gut wie alles vermissen ließ und über dessen sachliche Werthlosigkeit heute kein Zweifel mehr aufkommen kann.

Nie war ein Angriff leichter zurückzuweisen als dieser. Und nie hat ein Vertheidiger in ehrlicher Leiden= schaft so unvorsichtig seine besten Waffen aus der Hand gegeben wie Müllenhoff.

Holtzmann hatte sich in schwindelnden Combinationen

und luftigen Hypothesen von so handgreiflicher Verwegenheit ergangen, daß es leicht war, Alle gegen ihn
zu gewinnen, die in wissenschaftlichen Fragen festen
Boden unter den Füßen behalten wollen. Und beiden
Angreifern gegenüber konnte Müllenhoff die Elemente
der kritischen, auf vielen Gebieten bewährten Methode
mit wohlwollender Ausführlichkeit so ruhig belehrend
und gründlich überzeugend auseinandersetzen, daß alle
Kniffe und Ausreden daran zu Schanden werden mußten.
Waren doch die wirklich schwachen Puncte in Lachmanns
Kritik der Nibelungen bei dem ganzen Streite nicht ein-
mal berührt und gerade das menschlichem Ermessen nach
Unzweifelhafte bezweifelt worden.

Aber vergebens bat Haupt um Mäßigung, namentlich
mit Rücksicht auf Zarncke. Vergebens empfahl Waitz
das Vorbild von Homeyers überlegener Polemik gegen
Daniels in der Sachsen- und Schwabenspiegel-Frage.
Müllenhoffs tiefe sittliche Empörung mußte sich Luft
machen. Er kannte keine Rücksichten der Klugheit. Er
gab sich keine Mühe, die Gegner mit eleganter Leichtigkeit
aus dem Sattel zu heben. Er ging mit einer Keule
auf sie los, schlug sie nieder und trat auf ihnen herum.

'Da liegt nun der ganze Plunder', sagte er am
Schlusse seiner Schrift. 'Aber Herr Holtzmann war
gewiß ein großer Mann: wie wäre er sonst eine tragische
Person und hätte sich umsonst die Stirn eingerannt?
Werden nicht die Weiber und die Bettelpropheten unserer
Litteratur sich versammeln und über ihn wehklagen?

Wir wollen abwarten, ob sich einer an ihm ein Exempel
nimmt, oder nicht.'

Holtzmann, dessen litterarische Geschicklichkeit nichts
zu wünschen übrig ließ, hatte es nun äußerst bequem,
dem lieben Publicum klar zu machen, daß es natürlich
geneigt sein müßte, derjenigen Seite Unrecht zu geben,
welche mit Leidenschaft fechte. Als wenn es in der
Welt keinen sittlichen Zorn gäbe! Als wenn Luther Un=
recht gehabt haben müßte, weil er sich wider seine
Gegner ereiferte und ihnen böse Reden an die Köpfe
warf!

Aber solche notorische Fälle der berechtigten litterarischen
Heftigkeit unterschlug Adolf Holtzmann dem 'gebildeten
Zuschauer' des Kampfes, an den er sich wandte, und
erklärte Müllenhoffs Erbitterung aus der Schwäche und
Unannehmlichkeit seiner durch ihn, Holtzmann, bedrohten
Position.

Auf die Dauer verfangen solche Künste freilich nicht,
und das Schicksal der Wahrheit auf der Erde hängt
glücklicher Weise nicht davon ab, ob sie einen pfiffigen
Advocaten findet. Aber für den Augenblick durfte sich
Holtzmann als Sieger brüsten, wenigstens vor den=
jenigen Kreisen, auf deren Beifall von vornherein sein
Angriff berechnet war. Nur wer selbständig nachprüfte
und einen schon methodisch gebildeten Sinn an die Frage
heranbrachte, fand bei Müllenhoff Alles beisammen, was
ihn wissenschaftlich orientiren und zu einer selbständigen
Ueberzeugung hinleiten konnte.

Müllenhoffs Nibelungenschrift war im Januar oder
Februar 1855 und zugleich als letztes Heft einer Zeit=
schrift erschienen, der er viel Kraft gewidmet hatte und
die auf einen Ehrenplatz in der Geschichte des deutschen
Journalismus Anspruch machen darf: die 'Allgemeine
Monatsschrift für Wissenschaft und Litteratur'.

Sie bestand seit 1851; Kieler Professoren waren die
Herausgeber; Müllenhoff führte die Redaktionsgeschäfte.
Alle Fächer waren vertreten, eine glänzende Reihe
tüchtiger Mitarbeiter standen zu Gebote: Brugsch, Georg
Curtius, Droysen, Ewald, Fick, Giesebrecht, Helmholtz,
Henzen, Hettner, Otto Jahn, Adolf Kirchhoff, Knies,
Liliencron, Theodor Mommsen, Nitzsch Vater und Sohn,
Reinhold Pauli, Pott, Preller, Rudolf von Raumer,
Alfred von Reumont, Rudolf Roth, Schleicher, Simrock,
Spiegel, Steinthal, Heinrich von Sybel, Georg Waitz,
Theodor Waitz, Albrecht Weber und viele andere. Was
die Zeitschrift wollte, wurde kurz darauf in Verbindung
mit politischen Absichten von den 'Preußischen Jahr=
büchern', später in Verbindung mit belletristischen Ele=
menten von der 'Deutschen Rundschau' wieder aufge=
nommen. Diese drei Unternehmungen aber, wie sie
auf einander folgten, bedeuteten eine wachsende Popu=
larität; sie spiegelten eine gesteigerte Kunst und Willig=
keit unserer Gelehrten, die Gegenstände ihres Faches
einem immer größeren Publicum mundgerecht zu machen.
Die 'Allgemeine Monatsschrift' war sehr gediegen, aber
auch sehr schwer. Sie konnte sich gegenüber der Theil=

nahmlofigkeit des Publicums nicht länger als dritthalb
Jahre behaupten.

Das Allerschwerste hatte wohl Müllenhoff den Lesern
der 'Allgemeinen Monatsschrift' zugemuthet, während er
doch gleichzeitig bewies, daß ihm die bequemen und
wirksamen Formen einer leichteren Journalistik nicht
unzugänglich waren, wenn er sich entschloß, sie im In=
teresse einer Angelegenheit zu handhaben, die für ihn
mehr und mehr eine Herzenssache wurde.

Im Herbst 1852 war Klaus Groths 'Quickborn' er=
schienen, und Müllenhoff scheute keine Mühe, um durch
Anzeigen in verschiedenen Zeitungen das Publicum dafür
zu gewinnen. Er begrüßte das Buch mit dem wärmsten
Enthusiasmus. Hatte schon Dahlmann im Neocorus ein
ernstes Wort wider die Verächter des Plattdeutschen ge=
sagt, so war die Sprache der schleswigholsteinischen
Bauern nun für immer zu Ehren gebracht, da ein echter
Dichter von tiefer Anlage sich derselben für seine
Schöpfungen bediente.

Der Quickborn war gewissermaßen eine Ergänzung zu
Müllenhoffs schleswigholsteinischen Sagen, Märchen und
Liedern. Hatte Müllenhoff die Reste alter, noch im Volke
beruhender Poesie gesammelt und sie für die Gebildeten
zurückgewonnen, so gründete Groth eine neue volksthüm=
liche Dichtung, die aus den Regionen litterarischer Bil=
dung, in denen sie entsprang, sich auf immer weitere
Kreise verbreiten und auch in die unteren Stände macht=
voll eindringen konnte.

'Ich habe Ursache gehabt', schrieb Müllenhoff an
Kolster am 29. December 1852, 'mich vor der Weihnachts-
zeit einmal wieder recht in der neuesten Lyrik umzusehen,
und je weniger Behagen ich dabei empfunden, je höher
muß ich den Groth schätzen. Sie wissen, ich lobe nicht
leicht und bin in diesen Dingen ziemlich ekel. Aber er
ist gewiß das frischeste, glücklichste und reichste Talent,
das seit einem Menschenalter hier aufgetreten. Nur
fehlt ihm noch die letzte Feile, und die Sammlung muß
noch gesichtet werden.' Er nennt hiernach die Stücke,
die er für die besten hält, und bemerkt, er wisse die
Sachen vom vielen Vorlesen und Ueberdenken schon halb
auswendig.

An der Sichtung und Feile des 'Quickborn' hat er
sich bald selbst auf das Lebhafteste betheiligt und dem
Buche seine ganze philologische Sorgfalt gewidmet.[1])

Als der Quickborn herauskam, lebte Groth auf der
Insel Fehmarn. Müllenhoff schrieb ihm eingehende
Briefe, durch welche der Philolog und der Dichter zu
treuen Verbündeten für die Sache des Plattdeutschen
geworden sind.

Müllenhoff schrieb, er habe sich immer gesagt, die
Aufgabe müsse und werde gelöst werden; er habe aber
nie geglaubt, daß eines Mannes Kraft dazu ausreiche.

---

[1]) Das Folgende zum Theil wörtlich nach Groths Mit-
theilungen im 'Eekboom' vom 9. März 1884. Sie werden bestätigt
durch Müllenhoff selbst: Illustrirte Hausblätter für Schleswig,
Holstein, Lauenburg 2, 11.

Er erörterte viele Einzelheiten des Quickborn. Einmal fragte er, und er hatte dazu einen bestimmten wissenschaftlichen Grund, den wir noch kennen lernen werden, ob die Zeile in dem Gedichte 'Se lengt': 'Wat dar ut Water fluckert, dat is de wille Swan' nicht eine Phrase sei, worauf Groth erwiderte: Phrasen in diesem Sinne kämen bei ihm nicht vor, er schreibe nur, was er selbst gesehen oder gehört; er wundere sich, daß Müllenhoff in seiner Heimath nahe der See nie wilde Schwäne gehört; er seinerseits habe sie oft gehört und gesehen.

Müllenhoff gab auch dem Dichter schon nach Fehmarn hin manchen fördernden Wink. So schrieb Groth auf seinen Wunsch und ihm zu Liebe die Balladen 'Ut de ol Krönk'. Und solche Vorschläge wiederholten sich noch oft mit gutem Erfolg im persönlichen und schriftlichen Verkehr.

Als Groth im Herbst 1853 nach Kiel übergesiedelt war, begann eine gemeinsame systematische Arbeit, zunächst zur Feststellung der Schreibweise des Plattdeutschen und für ein Glossar, ein erklärendes Wörterbuch weniger bekannter Ausdrücke im Quickborn. Sie haben daran vom October bis Mitte oder Ende April täglich drei Stunden zusammen gearbeitet. Müllenhoff kam jeden Tag mit dem Schlage fünf zu Groth und ging um 8 Uhr. Die Frucht ihrer gemeinsamen Arbeit erschien 1854 in der dritten Auflage des Quickborn als 'Glossar nebst Einleitung von Karl Müllenhoff'; denn die Abfassung war Müllenhoffs alleiniges Werk.

Die sogenannte Einleitung ist eine plattdeutsche Grammatik in knappster Form. Auch das Glossar hält sich kurz. Aber die genaueste Bekanntschaft mit dem Gegenstand, umfassende sprachwissenschaftliche Gelehrsamkeit, die Meisterschaft grammatischer Methode vereinigen sich zu einer Leistung ersten Ranges. Mit Recht konnte man sagen: der Quickborn sei mit einer Sorgfalt edirt, wie sie sonst nur an alten Autoren geübt werde.

Für die fünfte Auflage von 1856 verfaßte Müllenhoff noch ein Vorwort für hochdeutsche Leser und eine Orientirung über Land und Volk von Dithmarschen und dessen Geschichte. Dieser Ausgabe war eine hochdeutsche Uebersetzung beigegeben, die ebenfalls großentheils von Müllenhoff herrührte.

Kurz, Müllenhoff hat so viel für den Quickborn gethan und er war dadurch mit jedem einzelnen Gedichte so persönlich vertraut, daß er wohl sagen konnte, falls der Quickborn verloren ginge, so wolle er ihn aus dem Gedächtnisse wieder herstellen.

Den Winter von 1853 auf 1854 wohnte Groth, der sich von schwerer Krankheit langsam erholte, zu Kiel wie ein Einsiedler in seiner Klause. Mit dem wiederkehrenden Frühling konnte er schon weitere Spaziergänge unternehmen und nach und nach auch in verschiedene gesellige Kreise eintreten. Die Sommer= und gute Herbstzeit verlebte er in Düsternbrook bei Kiel in Gesellschaft eines väterlichen Freundes aus Hamburg, des edlen 'Ohm Köster' und seiner geistig lebendigen Frau, eines

engelgleichen, zarten Wesens,[1]) die von ihren Freunden
nur 'die Mus' oder 'Frau Mus' genannt ward. Kösters
sind hier auch Müllenhoffs Freunde und ein Gewinn
fürs Leben geworden.

Erst im Frühjahr 1855 fühlte sich Groth so weit ge-
kräftigt, daß er ernstlich an eine größere Reise, wie sie
die Aerzte für ihn wünschten, denken konnte. Zum Abschied widmete er Müllenhoff seine hochdeutschen Gedichte, die 'Hundert Blätter, Paralipomena zum Quickborn', die Müllenhoff selbst ausgewählt, geordnet und
mit durchgesehen hatte, wozu dem Dichter die Kraft ge-
brach.

Im April verließ er Kiel und ging zunächst nach
Hamburg, wo er bei Kösters abermals erkrankte. Doch
erholte er sich schnell, stärkte sich in Pyrmont, reiste im
Juli nach Bonn zu Böcking und fand bei den Lands-
leuten, bei Dahlmann, bei Otto Jahn, bei so vielen
anderen ausgezeichneten Männern den herzlichsten
Empfang. Im Herbst reiste er mit Böcking in die
Schweiz und brachte auch den nächsten Winter noch in
Bonn zu.

Der Verkehr mit Müllenhoff trug indeß auch aus
der Ferne seine Frucht.

Einmal schrieb ihm Müllenhoff ungefähr Fol-

---

[1]) Ausdrücke Müllenhoffs bei ihrem Tode (19. Mai 1873). Er
nennt sie zugleich seine liebste, vertrauteste Freundin.

7

gendes:[1]) 'Mir geht seit einigen Tagen eine alte Volks=
weise durch den Kopf, die ich gar nicht wieder los
werden kann; ich habe sie in meiner Kindheit wohl ein=
mal singen hören, weiß aber nur noch den Anfang, der
also heißt: "Dar liggt int Norn en Ländeken deep, en
Ländeken deep" . . . fahren Sie fort!'

Nach einigen Tagen erhielt er das Gedicht 'Min
Vaderland':

> Dar liggt int Norn en Ländeken deep,
> 　　en Ländeken deep,
> Un eensam liggt de Strand.
> Dar blenkt de See, dar blenkert de Schep,
> 　　dar blenkert de Schep:
> Dat is min Vaderland.

Und so weiter. Das Lied steht jetzt im Quickborn.
Einige Zeilen daraus, welche die Heimath Groths und
Müllenhoffs am schärfsten bezeichnen, sind an die Spitze
des vorliegenden Buches gestellt worden.

Müllenhoff schickte das Gedicht an Kolster und er=
zählte den Hergang.

---

[1]) Die Sache ist aus Müllenhoffs Mund im 'Eekboom' vom
9. März 1884 erzählt. Ob ganz getreu? Müllenhoffs bezüglicher
Brief an Kolster fehlt. Im Quickborn hat das Lied ein Motto:
,Ach Lendeken deep, nu bin if di wit!' Und es wird dabei auf
ein Ditmarscher Volkslied in Müllenhoffs Sagen S. 63 verwiesen.
Dort lautet die Zeile aber: 'Ach Lendeken deep, nu bin if bi nicht
wyt!' Durch die Veränderung wird ein Bezug auf Groths augen-
blickliche Situation fern von der Heimath gewonnen. Wie denn
das Gedicht auch die Unterschrift trägt: 'Bonn am Rheine'.

Kolster erwiderte (16. April 1856): 'Dank Ihnen für
das Lied von Groth; das ist in der That ein prächtiges
Stück, und daß er damit auf Ihre Aufforderung hat
antworten können, ein Zeichen, daß ihm noch Kraft im
Marke wohnt; aber Ihnen muß man doch zur Hälfte
wenigstens auch zur Vaterschaft gratuliren. Mich hat
überall das, was Sie mir von Ihrem Verkehr mit Groth
und von Ihrem Verhältniß zu ihm schreiben, tief be=
wegt: das ist die wahre Liebe, die in dem Werke ganz
aufgeht und nicht fragt, ob ihr Anerkennung, Ehre und
für viel Arbeit auch nur ein bischen äußerer Lohn zu
Theil werde. Ich freue mich, daß in dem Gelingen
dessen, wofür Sie streben, Ihnen dieser Lohn doch in
anderer Beziehung gebührend hereinkommt. Nun, über
die Größe Ihrer Liebe kann ich am wenigsten er=
staunt sein'.

Müllenhoff seinerseits schrieb an Kolster über Groth
(31. December 1856): 'Die Freundschaft mit ihm ist, als
wäre sie von Jugend auf, und sie enthält etwas, was
sie nicht veralten läßt. Er wundert sich immer, daß ich
so viel für ihn thue und gethan habe; und mir kommt
immer vor, als wenn ich das gar nicht für einen andern
thue, als etwas ganz Natürliches, was gar nicht anders
sein kann. Er hat mir in der Poesie — ich sehe dabei
ganz ab von dem Dialekt — etwas erfüllt, was ich ge=
ahnt, gewünscht, erhofft, aber kaum erwartet habe. Wäre
ich selbst Dichter gewesen, würde ich Aehnliches erstrebt
haben; er hat mir einen Theil meines Wesens erfüllt und

7*

geschenkt, den ich nicht besaß, aber ersehnte. So sind
wir Freunde, und werden es auch wohl bleiben. Der
Himmel hat mir mit ihm noch den guten Onkel Köster
und seine Mus geschenkt. Den väterlichen Freund auch
meiner Kinder. Was will ich mehr? Bin ich nicht reich,
wenn ich die ganze Reihe übersehe, von Ihnen an, dem
ältesten Freund und dem nächsten nach meinem Vater?'

Derselbe Brief enthält doch auch eine ganz andere
Betrachtung und zeigt deutlich, daß Müllenhoff sich in
Kiel nicht an seinem Platze fühlte: 'Ich habe wenig
nähere Freunde', sagt er, 'und doch vielleicht mehr, als
mancher andere. Ich kann nur nicht, wie die meisten
Menschen, leicht und oberflächlich mit vielen verkehren;
so gern ich Gesellschaft suche, die mich auf= und anregt,
so gern verzichte und meide ich fast den gewöhnlichen
geselligen Verkehr, der nichts ausgiebt als eine Zer=
streuung, die ich nicht bedarf und die von mir nur etwas
verlangt, was ich zu geben und zu leisten nicht im
Stande bin. Freilich, wenn ich so hinblicke auf meine
Freunde, so hat sich auch darin mit den Jahren
manches verändert. Der Verkehr mit Nitzsch und Harms
ist nicht mehr das, was er war in den Jahren des
ersten Aufstrebens; die Jahre auf der Universität, dann
die ersten an der Universität als junge Docenten waren
golden; wir wissen alle drei, daß es nicht mehr so ist.
Aeußerlich hat sich manches verändert; aber die Ver=
hältnisse thun es nicht allein. Wir sind in unsern Be=
strebungen, in unsern Studien an einen Punct ge=

kommen, wo ein so reger Austausch und Verkehr nicht
mehr möglich ist. Wir wissen jeder, was wir an uns
hatten und was wir jetzt haben; nun gilt es nur, es zu
verwerthen. Ich würde darum leichteren Herzens von
hier gehen, als es mir früher möglich gewesen wäre'.

Schon war ein Ruf nach Berlin in Sicht, und
Müllenhoff konnte nicht schwanken ihn anzunehmen.
'Meine beste Kraft und Arbeit', schrieb er, 'verpufft hier
doch in der Luft'.

Er war zwar, wie wir wissen, seit Ende 1854 Ordinarius, und die ewige Lebensnoth und Sorge hatte
damit wenigstens ein Ende. Er konnte nun, auf alle
litterarische Nebenthätigkeit verzichtend, sich (es geschah
unter unsäglichen Mühen) mit concentrirter Kraft der
Alterthumskunde zuwenden. Aber der Erfolg seiner
Lehrthätigkeit blieb gering.

Er hatte immer behauptet, die Zahl seiner Zuhörer
müsse sich heben, wenn seinem Fache die gehörige
Stellung in der Facultät eingeräumt, d. h. wenn er
Ordinarius würde. Allein, das machte keinen Unter-
schied.

Vergebens mühte er sich auch jetzt noch ab, seinem
Fach eine größere offizielle Bedeutung zu erobern. Vergebens setzte er neben Curtius seine Vorlesungen aus
dem Gebiete der classischen Philologie, insbesondere aus
der römischen Litteratur, fort. Wieder finden wir, daß
er in drei Semestern hinter einander Properz angekündigt hat.

Es war kein Gedeihen mehr. Es bestätigte sich nur
immer von neuem, was er längst bemerkt hatte, daß er
in Kiel nicht hoffen dürfe, auf einen grünen Zweig zu
kommen.

Schon am 8. Februar 1853 schrieb er an Kolster mit
Rücksicht auf die Alterthumskunde: 'All meine Hoffnung
steht darauf, meine Arbeit zu Stande zu bringen und
dann hier fortzukommen. Es sind die Aspecten freilich
überall schlecht, aber ein besseres Auskommen wird einem
doch wohl anderswo geboten und auch eine bessere
Thätigkeit. Das Vaterland bedarf nicht meiner Kräfte.
Ich werde mich anderswo leichter mit der Zuhörerwelt
verständigen. Es ist für jeden Docenten ein Nachtheil,
da hängen zu bleiben, wo er angefangen. Versetzt an
eine andere Universität, kann er mit der vollen er=
worbenen Kraft beginnen und trifft regelmäßig ein
günstiges Vorurtheil, das nicht von Zufälligkeiten ab=
hängt'.

Das war freilich noch in der langen Wartezeit des
Extraordinariats. Aber auch als der Ordinarius endlich
in naher Aussicht stand, beharrte er dabei (4. Juni 1854):
'Mein Gedanke ist und bleibt, wie es auch werden mag,
hier fortzukommen'. Ja, seinen Jugendtraum uner=
schütterlich festhaltend, erklärte er mit Bestimmtheit an
Kolster: 'Mein Ziel und mein Wunsch ist Berlin, und
Sie sollen sehen, in einigen Jahren habe ich es erreicht.
Gottlob, daß jeder Mensch seines eigenen Glückes
Schmied ist'.

In der That hatte die philosophische Facultät der Universität Berlin bereits am 28. Juli 1856 die Berufung Müllenhoffs auf die durch Friedrich Heinrich von der Hagens Tod (11. Juni 1856) erledigte Professur der deutschen Sprache und Litteratur beantragt. Aber erst am 27. März 1858 erhielt er den förmlichen Ruf, und noch im Juli war die Sache nicht ins reine gebracht, obgleich er zum nächsten Wintersemester sein Amt in Berlin antreten sollte. Erst vom 25. September datirt seine Ernennung.

Unterdessen hatte Klaus Groth 1857 seinen Wohnsitz wieder nach Kiel verlegt; und Müllenhoffs Abschied von Kiel war auch ein Abschied von Groth. Die beiden Freunde sind sich erst spät wieder im Kösterschen Hause zu Hamburg begegnet.

Ein anderes, älteres, festeres Band war durch den Tod entzwei gerissen worden. Am 29. Januar 1857 starb Müllenhoffs Vater in Folge eines Sturzes aus dem Schlitten. Die Aussicht, daß sein Karl nach Berlin berufen werden würde, war seine letzte Freude auf dem Sterbebette gewesen. Er hatte ihn noch gesehen, erkannt und seiner unaussprechlichen Liebe zum letzten Male versichert.

'Wir haben viel verloren', schrieb Müllenhoff an seine Frau nach Kiel, 'aber auch viel besessen, mehr als tausend andere. Eines solchen Vaters, eines Mannes so groß und herrlich in seinem Kreise, wie er gewesen, können sich wenige rühmen. Wenn ich sein Bild doch

meinen Kindern erhalten könnte, so recht wie er gewesen
ist! Thatkräftig, treu, redlich, stets des besten Willens,
ja nur der Begeisterung für alles Edle, Gute, Rechte,
Schöne voll! Was hat Marne an ihm verloren! Er ist
tausenden ein Berather gewesen, hoch und niedrig, daher
die allgemeine rührende Theilnahme; jeder sah mit
Schrecken die Möglichkeit des Verlustes voraus, weil
jeder in dieser Zeit erst recht die Größe des Glücks, das
wir in ihm besaßen, begriffen. Nun, dies sein Bestes
ist uns nicht verloren, wenn wir es an uns selbst er=
halten'. Und so raffte er sich auf mit dem Worte, das
ihn später oft in schwerem Leide stärkte: 'Laßt uns
wirken die Weil es Tag ist, und stets das Beste
hoffen!'

Er eilte von der Leichenfeier hinweg zur ange=
strengtesten Arbeit. Es war ihm, als hätte er mit des
Vaters Hingang den Zweck seines Daseins verloren.
'Der schönste Lohn', schrieb er, 'ihm Freude zu machen,
ist uns mit ihm genommen'. In schlaflosen Nächten
war es ihm, als säße der Vater vor ihm und sein Auge
ruhe groß und ernst, wie immer, auf ihm. 'Ach',
rief er aus, 'es ist zu schmerzlich! Denn ich weiß ja
zu gut, was sein stummer Blick wie oft! zu mir ge=
sprochen!'

Er hatte den Menschen verloren, der, wie kein an=
derer, stolz auf ihn war. Lange hielt er den Plan fest,
des Vaters Lebensbild zu entwerfen. Aber es ist, wie
aus so vielen seiner Vorsätze, nichts daraus geworden.

Je tiefer ihn der Verlust erschütterte, desto enger
schloß er sich an Kolster, den väterlichen Freund und
Lehrer, an. Und die letzte Nacht in Ditmarschen, vor
dem Aufbruche nach Berlin, brachte er mit allen den
Seinen unter Kolsters Dache zu.

Die Verstimmung gegen die Heimath und gegen die
heimathliche Universität, die ihn zuletzt erfaßt hatte, war
nur zu begreiflich. Aber wer sein Leben unbefangen
überschaut, kann nicht läugnen, daß seine wissenschaftliche
Stellung in ihrem eigenthümlichen Gepräge gerade auf
der Heimath und seiner Wirksamkeit in Kiel beruhte.
Die geographische und historische Situation, in der er
emporkam, war für ihn bestimmend, wie sie seiner Zeit
auf Dahlmann ihren Einfluß ausübte. Ohne den politischen
Zusammenhang mit Dänemark wäre weder Dahlmann
zu seinen scandinavischen Forschungen gekommen, noch
hätte sich Müllenhoff eine so eindringende Kenntniß der
altnordischen Litteratur erworben. Schon die Rolle,
welche das Dänische in der Schule spielte, zwang zur
Aufmerksamkeit auf die feinern Unterschiede nahe ver-
wandter Mundarten und schärfte das Sprachgefühl.
Die Bedrohung durch eine fremde Nationalität steigerte
den Willen, die eigene zu behaupten, pflanzte eine tiefe
vaterländische Gesinnung, gab der plattdeutschen Volks-
mundart erhöhten Werth und trieb zu treuer Sammlung
alles dessen, was in mündlicher und schriftlicher Ueberlieferung die deutsche Vergangenheit des Landes bewies.
Das verhältnißmäßig kleine und einheitliche Gebiet ließ

sich, was Sprache und volksthümliche Poesie anlangt,
verhältnißmäßig leicht übersehen und wissenschaftlich
durchdringen; es bot dem Forscher all die Vortheile,
welche die lebendige Berührung mit den nächsten Landes=
genossen in allen ihren Ständen gewährt, und es nahm
ihn nicht so in Anspruch, daß er darüber die großen
Probleme, die ihn reizten, hätte vernachlässigen müssen.

Kurz, nirgends anderswo hätte Müllenhoff seine
Wurzeln so tief eingraben und zugleich seine Aeste so
weit ausbreiten können, wie in Kiel.

Viertes Kapitel.

Berlin.

Müllenhoff hat sich nicht leicht in Berlin einge= wöhnt. Er pries jeden glücklich, der, fern von einem solchen Mittelpuncte der großen Welt in schuldloser Stille seine Tage zubringend, ungestört und unbekümmert seiner Pflicht leben könne. Ein quälendes Heimweh, eine böse Sehnsucht nach einem verlorenen Glück setzte sich in ihm fest und verbitterte ihm die ersten Jahre.

Als er in den Herbstferien 1860 zum ersten Male wieder Kiel und Ditmarschen besuchte, da brach er bei den ersten plattdeutschen Lauten in Thränen aus. Aber auf eben dieser Reise fand er sein inneres Gleichgewicht wieder. Das Heimweh verließ ihn. 'Ich bin geheilt', schrieb er an Kolster nach der Rückkehr, 'nicht weil ich es dort nicht so gut gefunden, wie ich gehofft: Kiel und Ditmarschen dazu haben sich mir von der besten Seite gezeigt. Aber was ich schon damals, als ich dort war, im Voraus empfand, ich fühle mich nicht mehr so abge= schieden und ausgeschlossen, ich hatte auch doch allerlei

vergessen und übersehen, was mir dort wieder entgegen=
trat und was mir auf die Dauer nicht gefallen würde.
Ich fühle mich versöhnt mit meinem Loos und verlange
nicht mehr zu tauschen; gebe Gott nur, daß es anhält!
Ich habe hier doch manchen Vortheil gewonnen, und
dazu meine Wirksamkeit. Meine Frau ist weiser ge=
wesen als ich'.

Rückfälle blieben nicht aus. Im Sommer 1861
schrieb er an Kolster: 'Meine Sehnsucht steht doch immer
nach Kiel, nach Düsternbrok, an die Ostsee und nach
dem stillen traulichen Winkel, den Sie und mein Bruder,
die beiden Menschen, die mir doch von allen am nächsten
stehen nächst Weib und Kindern, sich dort in Meldorf
eingerichtet haben. Wie oft eilen meine Gedanken da=
hin, von hier aus diesem ungeheuren Stein= und
Menschenhaufen hinweg! Das Gefühl hier nicht heimisch
zu sein, nicht völlig heimisch werden zu können, bricht
immer von neuem wieder hervor. Wie sollte es auch
nicht? Denn wo steht man dem natürlichen, menschlichen
Leben und Dasein ferner, als in dem Gewühl und Ge=
triebe einer großen Stadt?' Selbst noch im Frühling
1865 meint er: 'Wir sind hier doch in der Fremde,
wenn es uns auch nicht an Freunden fehlt'.

Müllenhoff durfte die Sehnsucht nach der Heimath
noch oft befriedigen, und die Seebäder im Kieler Hafen
haben ihn so manches Jahr für den Winter gestärkt.
Aber es kamen Zeiten, wo er umgekehrt in Kiel bald
von Heimweh nach Berlin ergriffen wurde, so daß seine

Frau zweifelte, ob ihm eine solche Reise zur wirklichen
Erholung diene.

Müllenhoff ist indessen schwer, ja in gewissem Sinne
nie, ein guter Preuße geworden.

Gleich im ersten Winter hatte er über die Schule zu
klagen, welche der Individualität nicht genug Rechnung
trage. Er glaubte, seinen Kindern durch die Ver=
pflanzung ein schweres Unrecht zugefügt zu haben. 'Die
Schule und was daran hängt', schrieb er auch im
Sommer 1861, 'bringt die Menschen hier um den besten
Theil ihrer Kraft, um alle Energie und Spannkraft der
Individualität. Die Menschen werden hier alle abge=
richtet, Selbsterziehung und Selbstbildung kommt kaum
vor; alle bringen es bis zum Referendar oder Assessor,
aber darüber hinaus niemand, auch wenn er Geheimrath
heißt'. Er meint, die Richtung seiner Kinder hätte sich
an jedem andern Orte früher und entschiedener, richtiger
und gesunder entwickelt, als in Berlin. 'Man lebt',
sagt er, 'in kleineren Orten viel mehr mit der ganzen
Welt; diese liegt offener da, Alles ist näher beisammen
und die Gefahr der Zerstreuung und Verwirrung durch
die Fülle oder Ueberfülle nicht vorhanden. Hier be=
kommen die Kinder vielerlei zu sehen und zu hören, aber
treten doch den Dingen nicht so nahe, wie es nöthig ist,
um sie recht zu erfassen. Das kleinbürgerliche Leben
bleibt ihnen zum großen Theil verschlossen.'

Die politische Verstimmung der ersten sechziger Jahre
traf in Müllenhoff einen sehr empfänglichen Boden.

Man stößt in seinen Briefen auf Behauptungen, wie die: in Preußen herrsche der Unsinn von oben bis unten; es sei der schändlichste Staat, der existire; Gewalt sei der erste und höchste Begriff jedes Preußen, dem alles andere, Recht, Freiheit, Ehre, Moral unterthan sei. Ueber einen sonst von ihm hochgeachteten Collegen berichtet er, derselbe habe eine Rede gehalten, so dick-preußisch und so lügenhaft oder doch so voll der gröbsten Selbsttäuschung und Selbstgefälligkeit, 'daß sich mir', sagt er, 'ein über das andere Mal mein ganzes Inneres umkehrte und daß ich ihn gerne dafür durchgeprügelt hätte und noch durchprügeln würde'. Und so wie dieser College seien von 100 mindestens 99, ja von 1000 Preußen 999. Von einem Deutschthum, das nicht Preußenthum, Baiernthum, Schwabenthum sei, sondern über allen Particularitäten stehe, habe niemand einen Begriff, und am wenigsten die, die ihn haben sollten.

Wer jene Zeiten mit durchlebt hat, findet hier bekannte Wendungen: originell ist nur der drastische, handgreifliche Ausdruck, den Müllenhoff seinem leidenschaftlichen Zorne giebt.

Müllenhoff gehörte zu den hartnäckigsten Anhängern des Herzogs von Augustenburg, den er bei einem Ferienaufenthalt in Kiel kennen und achten lernte. Je weniger die Ereignisse den Gang nahmen, den er wünschte, desto mehr suchte er sich alle politischen Gedanken aus dem Sinne zu schlagen. 'Die Welt ist das Theater der Thorheit und Schlechtigkeit', schreibt er einmal, 'und

beſſer iſt es, man denkt gar nicht daran. Ich verſtehe
Goethes Abneigung gegen Politik ſeit lange vollkommen.
Genützt durch Vernunft kann da wenig werden'. Und
ein ander Mal: 'Das Haus muß jetzt die Burg jedes
einzelnen ſein, die ihm Schutz und Frieden bietet vor
den Stürmen draußen, und dazu das Amt und die
Arbeit. Es kann ſo das Schlimmſte ertragen werden'.
Dazwiſchen aber kann er das Politiſiren doch wieder
nicht laſſen und kommt ſchließlich bei der föderativen
Republik als der künftigen Verfaſſung Deutſchlands an.

Indeſſen, welcher Umſchlag auch bei ihm nach der
Schlacht von Königgrätz! An Schleswig = Holſtein ſei
ſchweres Unrecht begangen, es ſei niederträchtig behandelt
worden, ſchreibt er am 18. Juli 1866. 'Aber davon
kann und muß nicht mehr die Rede ſein', fährt er fort,
'ſeit es ſich um ganz andre Dinge handelt, um die Frei=
heit und einheitliche Conſtituirung Deutſchlands, um
unſre Befreiung von der Laſt der habsburgiſchen Monarchie
und Politik, die nie etwas Gutes und Redliches für die
Nation gethan hat, der wir nur die ſchändlichſte Zer=
ſtückelung und Schwäche, den Jeſuitismus und jede
andere Art der Unfreiheit verdanken, um unſre Be=
freiung endlich von der elenden Kleinſtaaterei und ihren
Dynaſtien. Man ſollte ſich in Schleswig=Holſtein freuen,
daß der Streit um das 'Landesrecht" den Entſcheidungs=
kampf herbeigeführt hat, und dies freudig opfern und
alles Herzeleid vergeſſen, wenn nur das große Ziel er=
reicht wird. Jetzt bin ich der entſchiedenſte Annexioniſt,

ben es geben kann, so hartnäckig ich bisher gewesen,
und wie Schleswig-Holstein, so will ich auch Hannover,
Sachsen, Kurhessen ꝛc. annectiren'. Und nun folgt eine
sehr charakteristische Wendung: 'Dann wollen wir mit
dem Preußenthum schon fertig werden. Das wird eine
Freude sein, es zu erleben und zu sehen, wie dies sich
selbst sein Grab gegraben und ohnmächtig in kurzem
dahinsinkt. Wir wollen aber der Vorsehung dann sogar
danken, daß es in Deutschland einen Staat gegeben,
der die Macht vor das Recht und die Freiheit
setzte'.

Leider hielt diese siegesgewisse Stimmung, die Hoffnung auf die Verwirklichung seiner Ideale nicht an.
Die Art, wie die preußische Verwaltung von seiner
Heimath Besitz nahm, erbitterte ihn aufs neue: 'Denke
ich an Schleswig-Holstein', schrieb er am 2. September
1867, 'und die Wirthschaft, die dort eingeführt wird, so
bin ich dem Weinen nahe oder gerathe vor Wuth außer
mir; ohne die Arbeit würde mich der Grimm und In-
grimm, glaube ich, verzehren'.

Die alten Klagen über das Preußenthum kehrten
wieder: es sei der schlimmste Particularismus, die Vernichtung und Verneinung oder wenigstens die Ver-
fälschung und Verderbung aller wahrhaft deutschen Bildung und deutschen Geistes. Das sei die Folge davon,
daß dieser Staat nur den Begriff der Macht kenne und
allem anderen voranstelle, daß er nur den Dienst der
Menschen verlange, nicht aber ihre Freiheit wolle und

die Achtung vor dem Individuum nicht kenne. Der
Glanz der Macht aber depravire die Menschen, daß sie
sich alle willig gebrauchen laffen und damit meinen,
höheren Zwecken in Selbstverläugnung zu dienen.
Wilhelm von Humboldts Versuch über die Grenzen der
Wirksamkeit des Staates sei noch heute für Preußen
geschrieben: denn Preußen habe er dabei hauptsächlich
im Auge gehabt, und Preußen sei seitdem um nichts
beffer geworden.

Man sieht deutlich, in welchem Grunde Müllenhoffs
Opposition gegen das 'Preußenthum' wurzelte. Er beharrte auf dem Standpunct Wilhelm von Humboldts
und unserer claffischen Dichter. Ihm war das freie, zur
Selbstthätigkeit erzogene Individuum das Ziel und die
Blüthe der menschlichen Entwickelung. Wir haben im
vorigen Kapitel erfahren, wie er das Stubium des
claffischen Alterthums für den wichtigsten Hebel hielt,
um die Blüthe der Menschheit hervorzurufen. Der
preußischen Erziehung dagegen warf er vor, daß sie nur
darauf ausgehe, 'brauchbare' Leute und gehorsame
Bürger zu bilden, daß sie daher die Menschen intellectuell
und moralisch herabzudrücken suche, statt sie zu heben,
daß sie sie klein und mürbe zu machen suche, statt ihnen
Selbständigkeit und Kraft mitzutheilen. Er opponirte
gegen die Allgewalt des Staates, wie es einst Wilhelm
von Humboldt gethan hatte, und sah in dem Indivi-
dualismus das wahrhaft deutsche Wesen.

So warm er Preußens nationale Thaten anerkannte,

8

so freudig er den Krieg von 1870 begrüßte, so gern er
seinen ältesten Sohn daran theilnehmen ließ: das
'Preußenthum' blieb für ihn eine fortwährende Quelle
der Verstimmung und er hoffte nicht mehr auf dessen
Vernichtung. Immer war die Schule und das Schicksal
seiner Kinder der nächste Anlaß, um seinen Unmuth zu
entfesseln. Von seinem dritten Sohne schrieb er 1873,
er sei fürchterlich in Anspruch genommen und komme
Abends gewöhnlich erst um 10 Uhr nach Hause, so daß
für ihn keine Zeit der Erholung oder doch der geistigen
Beschäftigung und Fortbildung bleibe. 'In diesem
Rennen und Jagen', fährt er fort, 'geht die Welt zu
Grunde, und wir werden es vielleicht noch an dem
heranwachsenden Geschlechte sehen, was daraus wird.
Ruhe und Stille, wie sie eine tüchtige, tiefere mensch=
liche Ausbildung verlangt, ist nicht mehr zu finden, und
die Einrichtungen der Schule selbst zerstören heutzutage
mehr, als sie schaffen. Die tieferen Naturen und
größeren tieferen Aufgaben, die sich der Einzelne stellen
soll, verschwinden, und Alles wird anders, als wir es
uns in der Jugend und im besten Mannesalter gedacht
und gewollt haben. Doch es sei darum. Ich gräme
und ärgere mich um nichts mehr. Für diese Welt lebe
ich doch nicht, sondern für die ewige und das Ewige,
wie ich mir es denke, und kümmere mich um keinen
Erfolg'.

Es waren nicht vereinzelte pessimistische Anwandlungen.
Müllenhoff sah schließlich überhaupt düster in die Zu=

kunft der deutschen Nation. Der Idealist aus Schillers
und Wilhelms von Humboldts Schule fühlte sich in einer
fremden und zunehmend fremderen Welt.

Gleichwohl hatte er nicht über eigenen Mißerfolg zu
klagen. Seine Wirkung auf die Menschen war reich
gesegnet; seine Lehrthätigkeit hob sich aus unscheinbaren
Anfängen zu einer seltenen Höhe.

Im October 1858 hatte er seine Berliner Vorlesungen
eröffnet. Er las privatim Nibelungen vor fünf, öffentlich Altnordisch vor sieben Studenten. Im Sommer
darauf las er deutsche Grammatik vor neun Zuhörern
und veranstaltete Uebungen mit zehn Theilnehmern:
Geographie und Ethnographie der Alten war nicht zu
Stande gekommen, und er wiederholte die Ankündigung
nie mehr. Im Winter 1859 auf 1860 las er Geschichte
der deutschen Dichtung und Erklärung von Hartmanns
'Erec'. Seit dem Sommer 1860 stellte er einen Cursus
seiner Vorlesungen fest, den er in oftmaliger Wieder-
holung bis 1880 streng innehielt. Er las in jedem
Semester zwei vierstündige Privatvorlesungen und hielt
zweistündig Uebungen. Die Privatvorlesungen be-
handelten jeden Sommer deutsche Grammatik und daneben entweder Angelsächsisch oder altdeutsche Metrik: mit
dem Angelsächsischen verband er die Erklärung des
Beowulf-Epos; mit der Metrik verband er entweder die
Erklärung Walthers von der Vogelweide oder die Erklärung älterer deutscher Lyriker nach 'Minnesangs
Frühling' von Lachmann und Haupt. Die winterlichen

8*

Privatcollegien waren entweder Nibelungen und Edda oder altdeutsche Dichtungsgeschichte und die 'Germania' des Tacitus.

Er hatte ursprünglich auch deutsche Mythologie zu lesen gedacht. Nicht minder hatte er Einleitung in die deutsche Philologie oder Encyclopädie und Methodologie der deutschen Philologie auf sein Programm gesetzt. Aber es kam nicht dazu.

Die Uebungen, die er hielt, waren zum Theil bestimmt, an gothischen und althochdeutschen Texten die Grammatik einzuüben; zum Theil wurde der 'arme Heinrich' als mittelhochdeutsches Elementarbuch gelesen; zum Theil dienten Nibelungen oder Gudrun zur Einübung sowohl des Mittelhochdeutschen als der höheren Kritik; zum Theil sollte Wolframs 'Parzival' Gelegenheit geben, die größte Freiheit und Mannigfaltigkeit des mittelhochdeutschen Sprachgebrauches und den gewaltigsten Dichter des deutschen Mittelalters näher kennen zu lernen; zum Theil ward im Anschluß an die kleineren Erzählungen Konrads von Würzburg mittelhochdeutsche Textkritik gelehrt. Während ein alter Kieler Plan eines altdeutschen Lesebuchs für Schüler nicht ausgeführt wurde, ließ Müllenhoff für seine eigenen Uebungen 1864 'Altdeutsche Sprachproben' drucken und zeichnete in der Vorrede jedem Jünger der deutschen Philologie den Weg vor, den er zu nehmen habe.

Müllenhoffs große Collegien waren darauf berechnet,

das gesammte Gebiet der germanischen Philologie,
wenigstens in typischen Beispielen, zu durchmessen.

Von jeher legte er das größte Gewicht darauf, daß
sämmtliche germanische Sprachen und Litteraturen den
Gegenstand des Unterrichts wie der Forschung bilden
müßten. Die Vorlesung über Grammatik umfaßte
Gothisch, Althochdeutsch und Mittelhochdeutsch, aber nicht
gesondert hinter einander, sondern in steter Vergleichung.
Dazu trat das Angelsächsische und Altnordische, beide
mit sofortiger praktischer Anwendung: in dem Colleg
über Beowulf wie in dem über die Edda ließ er die
Theilnehmer alsbald selbst übersetzen.

Zugleich aber waren die angelsächsische und die altnordische Vorlesung bestimmt, in den Stil der altgermanischen Poesie einzuführen. Und wenn in jedem
zweiten Wintersemester Nibelungen und Edda neben
einander standen, so bildeten die dem Kreise der Heldensage angehörigen Eddalieder eine vollkommene stoffliche
Ergänzung zu dem mittelhochdeutschen Volksepos.

Höhere Kritik, Scheidung des Echten und des Un-
echten, ward am Beowulf, am Nibelungenlied und an
der Edda gelehrt. Die Erklärung des Nibelungenliedes
diente zugleich zur Einführung in das Mittelhochdeutsche;
in der Einleitung wurde daher nach Lachmanns Beispiel
ein kurzer Grundriß der mittelhochdeutschen Metrik gegeben, an die Interpretation der ersten Strophen wurden
die Elemente der mittelhochdeutschen Grammatik und
Bedeutungslehre geknüpft. Anderseits war die Ein-

leitung ins Nibelungenlied eine Schule für die Methode
der Textkritik und Sagenkritik: alle Berichte, alle Formen
der Nibelungensage gingen an den Zuhörern im Aus=
zuge vorüber, dann leuchtete die vergleichende Methode
in die Masse hinein, man lernte die verschiedenen
Stämme der Ueberlieferung sondern; die jüngeren Be=
standtheile trennten sich ab; die Urgestalt wurde ge=
wonnen; Mythus und Geschichte traten auseinander;
die historischen Elemente der Sage wurden in der be=
glaubigten Geschichte wiedergefunden und für den Mythus
eine natürliche Deutung versucht.

Den größten Eindruck aber empfing man in dem
Semester, welches zugleich altdeutsche Dichtungsgeschichte
und Erklärung der 'Germania' brachte. Da entwickelte
Müllenhoff die Grundgedanken seiner Alterthumskunde
und theilte viele Einzelheiten daraus mit. Die Ein=
leitung zur 'Germania' belehrte über die ältesten Be=
ziehungen der Germanen und der Römer und enthielt
die einschlägigen Abschnitte aus der Geschichte der Geo=
graphie bei den Alten. Die Erklärung der Taciteischen
Berichte mußte dann von selbst auf die wichtigsten
Fragen, auf Religion, Verfassung, Recht, Wirthschaft,
Kriegswesen, Kleidung und Familienleben der alten
Germanen eingehen. Auch die Geschichte der altdeutschen
Dichtung entwarf ein Bild der Religion und Sittlichkeit,
der Mythologie und des Lebensideals unserer Ahnen,
sowie eine vollständige Geschichte der Heldensage, indem
die Nibelungen flüchtiger, die Sagen von Dietrich

von Bern, von Ortnit und Wolfdietrich aber ziemlich
eingehend behandelt wurden. Müllenhoff pflegte bis ans
Ende des dreizehnten Jahrhunderts vorzudringen und
zuletzt noch den Mystikern des vierzehnten einige Worte
zu widmen.[1])

Müllenhoff war niemals ein glänzender Redner.
Seine Aussprache war undeutlich; man gewöhnte sich
schwer daran und verstand ihn zuweilen nicht, auch wenn
man ganz vorne saß. Seine Rede floß ungleich und
stockend. Aber hatte man nur die erste schwierige Zeit
überwunden, harrte man aus und war man erst so weit,
ihn sicher zu verstehen, so hörte man Alles mit dem
größten Nutzen und erhielt ein ausgezeichnetes Heft.
Freilich, ganz unvorbereitet durfte man nicht kommen:
Müllenhoff ließ sich auch in Berlin nicht zu seinen Zuhörern herab, sondern verlangte, daß sie sich zu ihm erhoben. 'Ich kann mich nicht entschließen', sagte er, 'die
Wissenschaft mit Löffeln einzugeben; Wissenschaft ist
Arbeit, und wer nicht arbeiten will, muß fortbleiben.'

Er gab ein reiches Material; bei allen wichtigen
Fragen wurde man in den Stand gesetzt, aus den
Quellen selbst nachzuprüfen. Aber da für die Entfaltung
eines so weitschichtigen Stoffes die Zeit nicht ausreichte, so mußte der Vortrag ein wenig dogmatisch
verfahren, auf eingehende Beweisführung verzichten und

[1]) Dieser Schilderung liegt meine eigene Erfahrung zu Grunde.
Die Behandlung mag in andern Semestern anders gewesen sein;
aber jedenfalls nicht viel anders.

manches Argument dem Nachdenken des Zuhörers über=
laſſen.

Müllenhoff war kein ſo glänzender Interpret wie
Haupt; er verſtand es nicht, wie dieſer, mit bewußter
Kunſt den Sinn einer ſchwierigen Stelle oder eine
nothwendige Verbeſſerung ſo überzeugend in die Augen
ſpringen zu laſſen, daß kein Widerſpruch möglich ſchien.
Die Schönheit poetiſcher Werke haben beide nie aus=
drücklich entwickelt und ſo die äſthetiſche Bildung nicht
ſyſtematiſch zu befördern geſucht, wenn auch beide, von
einem lebhaften Schönheitsſinne durchdrungen, denſelben
gelegentlich kräftig an den Tag legten: Haupt mit ruhiger,
ſicherer Klarheit, Müllenhoff mit tiefer innerer Er=
griffenheit; jener herrſchend, dieſer beherrſcht.

Müllenhoffs Vortrag war, wie man ſieht, nicht ge=
eignet, die Maſſen anzuziehen. Aber er gewann doch
bald eine feſte Stellung in der Studentenſchaft; und als
er zu Anfang 1866 Mitglied der Prüfungscommiſſion
für die Candidaten des höheren Schulamtes wurde, da
ſtieg die Zahl ſeiner Zuhörer in der Grammatik raſch
über hundert. Er blieb freilich nur ein Jahr lang in
der Commiſſion; das Reglement vom 12. Dezember 1866
vertrieb ihn. Die Beſtimmung, wonach das Recht,
deutſchen Unterricht in den oberen Claſſen zu ertheilen,
auch durch philoſophiſche Bildung erworben, die hiſtoriſch=
philologiſche Kenntniß der Mutterſprache durch die Lehr=
befugniß in der philoſophiſchen Propädeutik erſetzt werden
konnte, war ihm widerwärtig; ja, ſie ſchien ihm un=

würdig und ganz unleidlich. 'Man hat mir die Zu=
muthung gestellt', so berichtete er einem Freunde, 'zuzu=
geben, daß die deutsche Grammatik rc. durch die —
philosophische Propädeutik überflüssig gemacht werde; das
konnte ich mir nicht gefallen lassen und hab' ihnen den
Kram vor die Füße geworfen'.

Der äußere Impuls, der leise Zwang war, wie
öfters, doch ganz heilsam gewesen. Müllenhoff hatte mit
einem Mal in weiteren Kreisen Wurzel gefaßt, und die
Studenten gewöhnten sich, bei ihm zu hören. Nachdem
er aus der Prüfungscommission ausgetreten war, nahm
der Besuch seiner Vorlesungen zwar ein wenig ab, hielt
sich aber im Ganzen doch auf einer früher nicht erreichten
Höhe. Selbstverständlich, daß Grammatik oder alt=
deutsche Dichtungsgeschichte stärker anzog, als Beowulf
oder Edda! Nur das Colleg über die 'Germania' des
Tacitus ist, wie es scheint, von der Berliner Studenten=
schaft, wenigstens von den classischen Philologen, nie
nach Verdienst gewürdigt worden.

Die Quantität der Zuhörer ist es indessen nicht, was
einem Universitätslehrer in erster Linie Freude macht:
es kommt auf die Qualität an; und damit steht es, wie
mit dem Wein: es giebt verschiedene Jahrgänge, gute,
schlechte und mittelmäßige. Aber Müllenhoff hat manche
gute erlebt, und viele Männer, die jetzt an Universitäten
oder Schulen wirken und die deutsche Philologie thätig
pflegen, verdanken ihm die entscheidende Richtung.
Mannhardt, Storck und Lexer waren wohl die ersten,

die ihm in Berlin nahe traten. Dann kamen Elard Hugo Meyer, Oskar Jänicke und Albert Gombert, mit denen ich im Sommer 1860 in Müllenhoffs Beowulf=Colleg zusammentraf. Martin, Wilmanns, Steinmeyer, Amelung, Zupitza und viele andere folgten nach.[1])

Wiederholt hatte Müllenhoff Gelegenheit, seine Schüler zu bestimmten Arbeiten anzuregen. Wiederholt verband er sich mit ihnen zu gemeinsamer Thätigkeit. So mit mir zu den 'Denkmälern deutscher Poesie und Prosa'; mit Jänicke, Martin, Amelung, Zupitza, Stein=meyer zum 'Deutschen Heldenbuch'.

Sei hier nur der Verstorbenen mit einer weh=müthigen Erinnerung gedacht!

Oskar Jänicke, der im deutschen Heldenbuch den Biterolf und die jüngeren Gestalten des Wolfdietrich bearbeitete, war von genauern Beobachtungen über den Wortgebrauch in der höfischen und volksthümlichen Dichtung des Mittelalters ausgegangen, hatte die Sprache Wolframs von Eschenbach in ihrer Mittelstellung zwischen höfisch und volksthümlich geschildert und schließlich, neben mancherlei Editionen und Editionsplänen, seine Auf=merksamkeit auf die Entstehung unseres heutigen Deutsch gerichtet, indem er theils die niederdeutschen Elemente

---

[1]) Ein ziemlich vollständiges Verzeichniß von Müllenhoffs Schülern enthält der Glückwunsch zu seinem sechzigsten Ge=burtstage, den ich im Anhang mittheile. Müllenhoffs Verhältniß zu Mannhardt ist in Heft 51 der Quellen und Forschungen (Straßburg 1884) dargestellt.

der neuhochdeutſchen Schriftſprache behandelte, theils die
Abtrennung des neuhochdeutſchen Wortgebrauchs vom
Mittelhochdeutſchen bis um 1250 zurückverfolgen wollte:
eine Arbeit, die ihm viel Ehre und der Wiſſenſchaft
großen Nutzen gebracht haben würde, aber 1874 durch
einen frühen Tod vereitelt ward.

In demſelben Jahre ſtarb Arthur Amelung, der
Herausgeber des Ortnit und der älteſten Geſtalt des
Wolfdietrich im deutſchen Heldenbuch, ein ſtiller junger
Gelehrter, der mit einer ſinnigen Vertiefung in die
Dinge das Bedürfniß philoſophiſcher Orientirung ver=
band und auf dem Gebiete der Sprachwiſſenſchaft zu
wichtigen neuen Erkenntniſſen vordrang. Müllenhoff hat
ihn erſt nach ſeinem Tode recht geſchätzt und eigene Be=
trachtungen über den Urſprung unſerer Nation und
Sprache an ſeine linguiſtiſchen Forſchungen angeknüpft.

Nicht bloß im Hörſaal wirkte Müllenhoff auf ſeine
Schüler ein. Der eine oder andere, der in den Uebungen
oder ſonſt ein regeres Intereſſe bekundet hatte, ward
aufgefordert, ihn nach dem Colleg zu erwarten (er las
in früheren Jahren immer von 4 bis 6 Uhr Nachmittags,
ſpäter von 5 bis 7), um mit ihm durch den Thiergarten
zu gehen. Da ſprach er wohl noch über die eben ge=
haltene Vorleſung, fragte nach dem Eindruck, den ſie
hervorgebracht, ſuchte ſich zu vergewiſſern, ob er durch=
weg verſtändlich geweſen, erzählte von der Art, wie
er dieſes oder jenes Reſultat gewonnen, und von der
Freude, die es ihm gemacht, oder ſtand auch über andere

Materien Rede und hielt vielleicht noch einen zusammen=
hängenden Vortrag mit ausführlicher Begründung, die
Worte suchend und stockend, wie immer, aber in völlig
klarer Entwickelung, auf jeden Zweifel eingehend und
den langsam Verstehenden geduldig belehrend. Er=
örterung im Gespräch war ihm ein großes Bedürfniß,
und nie hatte man mehr von ihm, als wenn er sich der=
gestalt ganz mittheilte.

Ein Gespräch anderer Art führte er mit Haupt.
Regelmäßig am Sonntag Nachmittag pflegte er ihn zu
besuchen und Alles, was vorlag, mit ihm zu besprechen.
Als er im Sommer 1861 zum ersten Male die ältesten
Minnesänger erklärte, hat er gewiß jede ihm nur
einigermaßen zweifelhafte Stelle vorher mit Haupt be=
rathen und dessen Meinung eingeholt. Auch an den
'Denkmälern' war Haupt so ein regelmäßiger Mitarbeiter
und beiden Herausgebern ein unermüdlicher Helfer. Aber
nicht Alles konnte fördernd vor Haupt dargelegt werden.
'Die Haupt= und Lebensfragen, die mich bewegen', meinte
Müllenhoff einmal, 'um die sich mein ganzes Dasein und
Streben dreht, sind ihm in ihrem Kerne fremd'. Wo
Müllenhoff noch rang und nicht zur Klarheit durch=
gedrungen war, da konnte Haupt wohl mit einer streng
logischen Argumentation dazwischen fahren, die im
Augenblicke den Widerspruch abschnitt, aber doch den
Stachel des Zweifels zurückließ und höchstens negativ
förderte. Haupts gewaltige Persönlichkeit hat auch für

Müllenhoff etwas Imponirendes gehabt und nicht selten
auf ihn gedrückt.

Nächst Haupt dürfte Wilhelm Grimm in der ersten
Zeit Müllenhoff am nächsten gestanden haben, der freilich schon 1859 im December starb. Aber Frau Grimm
blieb Tante Grimm für Müllenhoffs Kinder, und da sie
seit 1864 in der Schellingstraße gegenüber wohnte, so
war der Verkehr bis zu ihrem Tod in Blüthe.

Dagegen mit Jacob Grimm wollte sich kein gedeih-
liches Verhältniß bilden. Der Nibelungenstreit hatte
Gegner Lachmanns und Anhänger Lachmanns strenge
geschieden. Jacob Grimm stand über den Parteien;
aber in der Nibelungenfrage mindestens nicht unbedingt
auf Seiten Lachmanns: er hatte den Gegnern der Lach-
mannschen Kritik Waffen in die Hand gegeben, und er
arbeitete an Pfeiffers 'Germania' mit, welche die Anta-
gonisten der sogenannten 'Berliner Schule' zu gemein-
samem Auftreten sammelte. Haupt und Müllenhoff be-
wahrten ihm nicht die alte Verehrung oder legten sie
doch nicht, wie früher, an den Tag. Sie fühlten sich
als die Vertreter einer streng methodischen Forschung
im Gegensatze zu Jacob Grimms Genialität, welche der
Correctur vielfach bedürfe. Jacob Grimm seinerseits
hielt mit seinem Tadel auch nicht zurück, und es scheint,
daß er Müllenhoff jetzt wirklich unterschätzte, während
er ehemals große Stücke auf ihn gehalten, einen
akademischen Preis für ein altdeutsches Namenbuch ganz
eigentlich für ihn vorgeschlagen und auch zuerst einen

günstigen persönlichen Eindruck von ihm empfangen
hatte.[1])

Es soll nicht versucht werden, Müllenhoffs sonstige
persönliche Beziehungen hier vollständig darzulegen. Mit
Droysen führte ihn außer den gemeinsamen Erinnerungen
an Kiel der Umstand näher zusammen, daß sie zur
selben Stunde lasen. Kronecker, ein alter Freund von
der Universität her, und Kiepert wohnten in derselben
Straße. Mit Theodor Mommsen verband ihn die
Landsmannschaft und gemeinsame wissenschaftliche Interessen. Mit Adolf Kirchhoff hatte ihn schon die Kieler
Allgemeine Monatsschrift in Berührung gebracht.

Diese und andere Verhältnisse haben sich später vielfach verschoben; es fehlte nicht an Verkennungen, Ent-
zweiungen, Erkaltungen; und großentheils mag Müllenhoff daran die Schuld getragen haben, insofern er hohe
Forderungen an die innere Harmonie der Freundschaft
stellte, die der Natur der Sache nach sich nicht immer
erfüllen ließen. Eine politische Differenz, ein anderes
Urtheil über öffentliche oder amtliche Angelegenheiten

---

[1]) Er schreibt an Gervinus am 25. März 1859 (Ippel 2, 137),
es lasse sich mit Müllenhoff viel leichter und freundlicher verkehren, als man aus seiner spitzen Feder muthmaße. Was hin-
wiederum Müllenhoffs Verhältniß zu Jacob Grimm anlangt,
so ist namentlich sein Brief an Weigand über die Geschichte der
deutschen Sprache (bei Stengel, Beziehungen der Brüder Grimm
zu Hessen 2, 355) zu vergleichen. Briefe der Brüder Grimm an
Müllenhoff sind in der Zeitschrift für deutsches Alterthum, An-
zeiger 11, 235 durch Steinmeyer herausgegeben.

konnte zum Bruche führen; Müllenhoff hatte stets so heftige Ueberzeugungen, möchte man sagen, daß eine Abweichung davon ihm als eine Schuld des andern erschien. Er wußte genau, was die Freundschaft befestigt: 'Wenn ichs recht bedenke', schrieb er zu Weihnachten 1873 einem jüngeren Freunde, 'so ist das Beste, was ich erworben habe und was mir nicht blos geschenkt ist, wie die Kinder, Ihre Freundschaft und Treue und die Gewißheit, daß nichts sie stören und trüben kann, weil sie auf gegenseitiger Erkenntniß und gegenseitigem Verständniß beruht, das jedem seine Freiheit, Stärke und Schwäche läßt'. Aber diese theoretische Toleranz stand ihm praktisch nicht immer zur Seite, und unauflöslich geglaubte Bande konnten plötzlich zerreißen. Indessen, wer geduldig wartete und seinen Zorn nicht erwiderte, der erlebte auch wohl, daß er selbst sie wieder knüpfte.

Ganz ungestörte Beziehungen bestanden zu Wilhelm Nitzsch, Harms, Olshausen, Beseler, Max Duncker, Hübner, Meitzen; und namentlich Nitzsch, seit er in Berlin war, durfte wohl als Müllenhoffs nächster und vertrautester Freund gelten. 'Es ist mein größtes Glück', schrieb er im Herbst 1872, 'das mir hier noch widerfahren ist an der Universität, Nitzsch hier zu haben'. Jeden Sonntag Nachmittag gingen sie Stunden lang mit einander spazieren. Er fand ihn ganz den alten, stets heiter, angeregt und anregend, voller Gedanken und Anschauungen.

Das Müllenhoffsche Haus war nie, was man ein

geselliges Haus nennt. Der norddeutsche Stil des häuslichen Verkehrs hat etwas erschreckend Pflichtmäßiges,
und Berlin ist darin noch keine Großstadt: Müllenhoff
beschränkte sich im Allgemeinen wohl anf das Nothwendige, wenn er auch anfangs die Berliner Geselligkeit
gerne genoß und reichlich erwiderte. Dagegen blühten
unausgesetzt die offenen Sonnabende, die er für den
engeren Kreis seiner Schüler hielt. Man versammelte
sich in seinem Studirzimmer, nahm den Thee bei den
Damen und kehrte dann ins Studirzimmer zurück.
Müllenhoff selbst, seine wissenschaftlichen und ästhetischen
Interessen, war natürlich der Mittelpunct. Der Haupt-
reiz bestand darin, ihn über ein Lieblingsthema zum
Sprechen zu bringen. Und das hielt nicht schwer. Er
erzählte gerne von Arbeiten und Plänen; er machte kein
Hehl aus den Schwierigkeiten, die sich vor ihm auf-
thürmten; er vergönnte seinen Theilnehmenden rückhalts-
los den Einblick in seine Werkstätte. Methodischer Frucht
waren auch diese Gespräche voll. Und welch unvergeßlicher Eindruck, wenn er aus dem 'Quickborn' vorlas!
Es war keine kunstmäßige Recitation oder Declamation;
aber man fühlte, daß sein tiefstes Innere bebte. Sein
ganzes Ich schien aufgerührt.

Eines Abends — es war nach dem Januar 1873 —
las er das Gedicht, worin ein Großvater sich im Kreise
der Seinen, die ihm von Auswanderung sprechen, fest
an die Heimath klammert und ihnen die Stelle weist,
an der seine selige Frau zuerst froh das gemeinsame

Haus betreten, und die andere Stelle, auf der ihre
Bahre gestanden ...

Da versagte ihm die Stimme und er konnte nicht
weiter. Das Schicksal hatte ihm Gleiches verhängt.

Müllenhoffs häusliches Glück war lang ungetrübt ge=
wesen. Die kleinen Sorgen, die keinem erspart bleiben,
müssen auch für ihn abgerechnet werden; und eine
größere erschwerte ihm das Leben: Berlin ward immer
theurer, und er hatte bei seiner Berufung mit genauer
Noth ein Gehalt bekommen, welches seinen Kieler Ein=
künften ungefähr entsprach. Erst im Herbst 1872 er=
langte er eine beträchtliche Verbesserung, und seine Frau
hat die bequemere Lage kaum noch genossen. Aber ihre
Zufriedenheit, ihr Glück an Müllenhoffs Seite und im
Kreise der aufblühenden Kinder unterlag nicht der
äußeren Sorge. Ihre Briefe, an den abwesenden Mann
in Ferienzeiten geschrieben, sind voll von dankbarem
Rückblick auf die Tage der ersten Annäherung und der
entscheidenden Lebensfügung, die sie für immer an ein=
ander gefesselt. An den Kindern erlebten sie nur Freude.
Keiner der Söhne freilich ergriff den Beruf des Vaters.
In dem dritten, den er in humoristischer Anknüpfung
an die Nibelungenfehde nach Bischof Piligrims an=
geblichem Schreiber und Holtzmanns Nibelungendichter
Konrad nannte, hatte er anfangs seinen Nachfolger und
Fortsetzer gesehen: doch Konrad lenkte in die Bahn des
Großvaters und Urgroßvaters ein und wurde Kaufmann.

9

Udo, der zweite, ging zur Marine. Karl, der älteste, wandte sich der Naturwissenschaft zu.

Aber Müllenhoff ließ seinen Söhnen die freie Wahl des Berufes, wie sie ihm einst der Vater gelassen. Er mahnte sie nur, auch wie der Vater, immer hohe Forderungen an sich selbst zu stellen und über dem Fach nicht die menschliche Bildung zu vernachlässigen. 'Ein fest und klar erkanntes Ziel', schrieb er dem Aeltesten, 'macht den Mann klein oder groß, je nachdem er es sich steckt. Daß Du die Forderungen an Dich nie zu niedrig stellen wirst und stets das Höchste ins Auge fassest, hoffe ich von Dir.' Er selbst, bemerkt er ein ander Mal, habe es nie anders gemacht, als die strengsten Forderungen der Methode und Untersuchung an sich zu stellen, aber dabei die größte Weite und Tiefe der Gesichtspuncte, überhaupt das Ganze eines Dinges und Menschen ins Auge zu fassen und nicht loszulassen. 'Alle Arbeit', fährt der Verehrer Schillers und Wilhelm von Humboldts fort, 'soll aber am Ende nur dazu dienen, Dich selbst innerlich und geistig weiter auszubilden und zu einem Ganzen zu machen.' Er giebt ihm hierauf den Rath, seine Erholungszeit auf ein zusammenhängendes Studium Goethes zu verwenden und zu sehen, wie der gelebt, geworden, gedichtet, gedacht, und stellt ihm schließlich Helmholtz und dessen Goethestudien als Muster auf.

Die erste Lücke ward in den Familienkreis Müllenhoffs am 8. November 1866 gerissen. Da starb Gretchen

Thaden, die ältere Schwester seiner Frau, die von An=
fang an ein Glied seines Hauses gewesen war. Und
bald darauf fing auch Frau Müllenhoff selbst nicht blos
zu kränkeln an, sondern ernsten Gefahren entgegenzu=
gehen. Am 31. Januar 1873 erlöste sie der Tod von
langen, heldenmüthig ertragenen Leiden.

Wie das Ereigniß auf Müllenhoff wirkte, mögen
einige Auszüge aus seinen Briefen zeigen.

Sonnabend 31. Januar 1873. Da stehe ich, lieber Freund,
vor Ihnen und weiß das Wort nicht über die Lippen zu bringen.
Meine Frau ist nicht mehr. Heute Nachmittag 3 Uhr ist sie sanft
und unmerklich eingeschlafen, nachdem sie in den Stunden, Nächten
und Tagen vorher noch furchtbar, unbeschreiblich gelitten. Seit
lange sah ich's kommen; zuletzt ging's in raschen Schritten ab-
wärts. Aber was nützt alle Ueberlegung, alle Voraussicht vorher?
Wenn's kommt, so steht man da wie aus heiterer Höhe betroffen,
rathlos und elend, und denkt, es wäre besser, daß man auch
gleich ginge. Die Pflicht ist grausam, die mir gebietet auszu-
harren. Was soll mir sonst noch das Leben? Aber was ist das
Leben überhaupt? Eine bittere Täuschung, eitel Blend- und Stück-
werk am Ende und nicht werth, daß man Glaube, Liebe, Hoffnung, Müh und Arbeit daran verschwendet. Das Haus, das man
bauen, das Werk, das man ausführen möchte, — es wird doch
nie gebaut und wird nie fertig: der nächste Augenblick straft den
andern Lügen. Heil Ihnen, daß Ihnen die Welt noch lacht! Ich
sage mit Walther, ich mag nicht mehr.

Freitag 7. März 1873. Die Gewohnheit des Daseins und
der Thätigkeit hat sich, wenn ich nicht besondere Anlässe suche,
wieder eingestellt, und was mir anfangs fast unmöglich und un-
denkbar schien, ich kann wieder still dahin leben, mit einer stillen
Wehmuth im Herzen, aber ich kann auch die schon vergessen und
für Momente und manche Stunden mich täuschen. Gut daß ich
mich von jeher daran gewöhnt habe, das Unvermeidliche und
Unabänderliche, wenn es sein muß, hinzunehmen und mit Gleich-

muth zu tragen. Ich sehe, ich werde auch so leben können, wie ich es muß; das Schmerzlichste ist nur, das Gute und Erfreuliche mit keinem mehr so recht zu theilen. Schmerzlich ist es auch, erst nach dem Verluft es vollständig zu erkennen und einzusehen, welchen Schatz und Kleinod man besessen. Doch ist auch diese Einsicht wieder ein Trost und eine Erhebung, wie keine andere … Es war doch auch nichts Zusammengesetztes, nichts Zweifelhaftes in ihrem Wesen, Alles einfach, klar und fest und voll unendlicher Güte …

Sonntag 23. März 1873. Von meiner Arbeit schäme ich mich, zu schreiben. Ich arbeite wenig oder habe doch nur bitterlich wenig zu Stande gebracht. Meine Augen versagen mehr und mehr ihren Dienst, und Lust und Freude an der Arbeit erlöschen mit der Einsicht, daß ichs doch nicht zu Ende bringe. Das habe ich freilich auch früher gewußt, aber Lust und Eifer wollen mir jetzt auch nicht wiederkehren mit dem Vorrücken und Gedeihen des Werkes

Donnerstag 27. März 1873. Ihr Erbieten, wenn ich es wünsche, auf einige Tage nach Berlin zu kommen, rührt und erfreut mich innig. Aber kann ich es wohl annehmen? Sie würden mir ein paar frohe Tage machen, aber unfroh bin ich nicht, nur apathisch, träge, ohne Spannkraft, und daraus würden Sie mich nicht herausreißen. Ich würde nachher wie vorher meine Zeit verträumen oder verzetteln … Mit der Erwähnung von Dresden haben Sie mich, ohne es zu wissen, in einer Weise gerührt, daß mir fast die Thränen ausbrachen, als ich den Namen sah und mir einfiel, wie sehr es immer der höchste Wunsch meiner Frau gewesen ist, einmal die Stadt mit mir zu besuchen, der ihr nie hat erfüllt werden können. Aber so reizbar bin ich noch immer und so leicht bebt mir das Herz, wo es niemand ahnt. Ihre Briefe sollte ich verbrennen, wie ich meine unserm Versprechen gemäß unerbittlich verbrannt habe. Aber ich kann es nicht. Ein Blick Abends hinein — und die ganze Wonne des Glücks unsrer Jugend umstrahlt mich und ich fühle mich reicher als jemals.

Mittwoch 16. April 1873. Die Arbeit hat in diesen Tagen ganz geruht, ich habe alle Lust dazu und alle Freude daran ver loren, ich lebte und lebe nur noch in der Vergangenheit, indem ich die Briefe meiner Frau und — Braut durchlas, und grüble immer nur, wie ich allmählich alle meine Dinge in Ordnung bringe, um in Frieden abzuscheiden. Weiter reicht augenblicklich meine Hoffnung nicht und nach jedem Versuch mich aufzuraffen komme ich immer wieder dahin zurück. Ich habe einen größeren Schatz besessen, als ich selbst gewußt, da ich ihn besaß, und größer als ich es verdient. Ich hoffte immer, ihr einmal alles zu vergelten, was sie mir gewesen ist und gegeben hat, aber nun ist alles umsonst. Was soll ich weiter leben — und streben?

Dienstag 29. April 1873. Auch ich habe eine Zeit der Qual, der Wonne und des tiefsten Schmerzes kürzlich wieder durchlebt, indem ich die Briefe meiner Frau, oder Braut damals, durchlas und die ganze Vergangenheit an mir vorüberging, nein wieder erwachte. Seitdem ruht meine Arbeit ganz, und ich denke nur daran, mein Haus zu bestellen, um in Frieden dahin zu fahren.

Donnerstag 8. Mai 1873. Sonntag, Montag, Dienstag waren wieder für mich sehr schmerzliche Tage. Der 5. Mai 1846 war mein Hochzeitstag, am sechsten kamen wir in Kiel an und am siebenten, achten waren alle Buchen grün! Gethan habe ich an der Alterthumskunde noch keinen Strich und Gott weiß wann ich dazu komme. Am liebsten verzettele ich meine Zeit und bringe es darin nachgerade zu einer Virtuosität.

Montag 15. September 1874. So lange meine Frau lebte, war für die große Aufgabe der Alterthumskunde ein ganz andrer Sporn da; wenn ich jetzt wieder dazu zurückkehre, so ist es die bloße trockne Pflicht, was mich treibt, ohne Hoffnung auf ein Ziel. Was soll ich weiter streben und wagen?

Dienstag 23. December 1873. Still und traulich wird es in Ihrem Hause sein; auch in dem meinigen. Aber es wird diesmal in meinem Kreise ein theures Haupt fehlen, das im vorigen Jahre noch unter uns weilte und zum letzten Male, kühn und froh in Hoffnung, daß noch alles mit ihr werden müsse, das Fest mit uns feierte . . . Alles wäre schön und gut, wenn nur noch die lebte, die so viel Sorge und Noth für uns alle getragen, und nun das Glück mit uns genießen könnte! . . . Mir fehlt alle Freude

oder viel mehr noch aller rechter Trieb zur Arbeit, und nichts
will mir so recht gedeihen, außer den Vorlesungen ...

Sonntag 25. Januar 1874. Am nächsten Freitag ist es ein
Jahr, daß meine Frau starb. Es war am Sonnabend um
3 Uhr. Ich werde draußen sein an ihrem und meinem Grabe.

Müllenhoffs Lebensgebäude war in den Grundfesten
erschüttert. Der Trieb zur Arbeit, der einzige wirkliche
Trost in schwerem Leid, wollte sich nicht wieder ein=
stellen. Oder wenn er sich einstellte, so war es nur
eine Lust an kleinen Aufgaben: es blieb die Scheu vor
einer anhaltenden Thätigkeit von längerem Athem.

Es hatte große Mühe gekostet, nach dem Weggange
von Kiel die litterarische Production überhaupt wieder
in Gang zu bringen. Die Vorlesungen verlangten viele
Zeit: es schien nöthig, sie für Berlin ganz neu auszu=
arbeiten. Und die Anforderungen, die Müllenhoff an
seine gelehrten Veröffentlichungen stellte, wurden immer
strenger; der Wunsch, nur so zu schreiben, daß er nichts
zurückzunehmen habe, die Sachen, die er behandelte,
womöglich abzuschließen, machte ihn noch saumseliger,
als er gewesen war. Es gehe ihm gewöhnlich so mit
seinen Arbeiten, schrieb er am 30. August 1859 an Kolster,
daß ihn hinterher etwas daran gereue. 'Ich habe mir
oft geschadet', setzte er hinzu, 'durch zu hastiges Pro=
duciren und Publiciren.'

Es war damals noch Sitte, daß ein Berliner Pro=
fessor, auch wenn er anderwärts schon Ordinarius ge=
wesen war, sich an seiner Facultät durch eine lateinische
Schrift und eine lateinische Antrittsrede habilitiren

mußte. Wie lange zog sich Müllenhoffs Arbeit dafür
hin! Wie zaghaft war er mit seinem Latein, das sich
schließlich doch immer glatter und klarer las, als sein
deutscher Stil! Erst am 23. November 1861 konnte er
die Habilitationsrede halten und damit in die Facultät
eintreten. Seine Habilitationsschrift hatte über das
älteste deutsche Gedicht, das sogenannte Wessobrunner
Gebet gehandelt.

Er legte damit gewissermaßen den Grund zu den
'Denkmälern', deren Ausarbeitung, so weit sie auf seinen
Antheil fiel, ihm doch rasch von der Hand ging. Schon
in den Osterferien 1862 war er weit vorgerückt; nur die
Vorrede hielt ihn schließlich noch ziemlich lange auf. Das
Vergnügen war aber groß, das vollendete Werk, das
erste umfangreichere Buch, das Müllenhoff seit der
Kudrun und den Sagen herausgegeben, in der Hand zu
halten. Haupt, dem es gewidmet war, fand es 1863
auf seinen Weihnachtstisch. Er las gleich die halbe
Nacht darin und kam den anderen Morgen in freudiger
Erregung zu Müllenhoff, indem er mit Lob und Dank
nicht kargte.

Erst jetzt, am 3. Februar 1864, wurde Müllenhoff in
die preußische Akademie gewählt. Und nun sollte auch
ernstlich an die 'Deutsche Alterthumskunde' die Hand ge=
legt werden. Sporn und Mahnung ward ihm reichlich
zu Theil. Kolster schrieb: 'die Alterthumskunde wird
doch einmal die Grundlage Ihres Nachruhms bilden
müssen'. Er bat ihn ernstlich, sich nicht zu viel auf

Nebenprobleme einzulassen und resolut auf die Haupt=
sache loszugehen. Ein anderer Freund hatte sich ange=
wöhnt, als eine Art Dariusssklave, ihm in seinen Briefen
regelmäßig zuzurufen: 'Herr, gedenke der Alterthums=
kunde!' Haupt spottete, etwa im Stile der folgenden
Briefstelle: 'Müllenhoff steckt tief in geographicis. Der
verstorbene Nitzsch schrieb indagandae per carmina Ho-
merica interpolationis praeparatio prima und noch
einige solche praeparationes: bis zur indagatio ist er
nicht gekommen.'

Es war in der That Gefahr vorhanden, daß sich
Müllenhoff in Untersuchungen über die antike Geographie
verlieren würde, die mit der Alterthumskunde nur in
einem losen Zusammenhange standen. Und gerade die
Verpflichtung des Akademikers, in regelmäßigen Ter=
minen mit einer abgeschlossenen Arbeit vor die Collegen
zu treten, begünstigte die Verzettelung des Stoffes.
Andere Verlockungen blieben nicht aus. Die vortreff=
lichen Schüler konnten zur Ausführung alter Pläne
herangezogen werden. Es wurde das 'Deutsche Helden=
buch' unternommen und Müllenhoffs Abschriften aus der
Kieler Zeit, begonnene Texteditionen, Resultate der
höheren Kritik zu Grunde gelegt: der Text des 'Laurin'
erwies sich als zu schwer für einen Anfänger; Müllen=
hoff brachte ihn selbst ins Reine. Die Vorlesungen
führten immer wieder von der Alterthumskunde ab und
zu anderen Problemen hin: bald lockte die Edda, bald
der Beowulf, und die innere Geschichte des letzteren

ward auch wirklich dargestellt. Daneben galt es, die
kleinen Schriften Jacob Grimms zu sammeln, die
'Deutsche Heldensage' von Wilhelm Grimm neu heraus=
zugeben, die Zeitschrift für deutsches Alterthum zu
besorgen, deren Redaction ihm Haupt mehr und mehr
überließ.

Da war es denn ein Glück, daß Müllenhoff sich ent=
schloß, verschiedene der Akademie vorgelegte Unter=
suchungen in die Alterthumskunde selbst hineinzustecken.
Anfangs sollten sie Prolegomena zur Alterthumskunde
heißen; es sollte darauf eine kurze dogmatische Dar=
stellung von Müllenhoffs Ansicht des deutschen Alterthums
folgen und diese endlich durch weitere eingehende Ab=
handlungen gerechtfertigt werden. Späterhin kam er
hiervon wieder ab, und jene Untersuchungen wurden der
Grundstock des ersten Bandes. Die strenge systematische
Form war freilich damit aufgegeben. Aber er konnte
nun endlich, am 13. Juli 1870, die Vorrede unter=
zeichnen. Und ein Anfang wenigstens war gemacht.

Auch griff er die Arbeit am zweiten Bande frisch
an, nachdem er die zweite Auflage der 'Denkmäler' ver=
hältnißmäßig rasch erledigt hatte.

Nun stellte der Tod seiner Frau das ganze Werk
wieder in Frage. Und unter den vielen kleineren Pro=
jecten, mit denen er sich trug, wurde nur eine neue
Ausgabe der Taciteischen 'Germania' mit angehängten
Berichten anderer antiker Autoren über die alten
Deutschen wirklich ausgeführt. 'Die Alterthumskunde

ruht', schrieb er am 23. December 1874 an Kolster, 'ich
habe seit dem Tode meiner Frau allen Muth dafür
verloren, und nur die Pflicht wird mich demnächst
wieder dazu treiben.'

Der Gedanke, daß er sein Lebenswerk nicht vollenden
werde, war ihm schon in früheren Jahren oft nahe getreten. Aber er wies ihn dann doch wieder muthig
zurück. 'Ich kenne sie längst, diese graue Sorge', schrieb
er einmal um Weihnachten 1867, 'sie wohnt bei mir
und stört mich nicht mehr und wird mich nicht blind
machen.' Aber wie anders klingt es schon 1870: 'die
Sorge ist zu mir durchs Schlüsselloch geschlüpft; ich
habe wohl meinen Bogen zu straff gespannt und stehe
jetzt, wie ich fürchte, vor dem Bruch und wage weniger
als je spem incohare longam.' Er fühlte, daß die zu-
nehmende Schwäche seiner Augen ihn ernstlich bedrohe.
Und immer bestimmter, immer begründeter wurde die
Furcht, zu erblinden. Es war, als ob eine Ueberhebung
darin gelegen hätte, wenn er so sicher sagte: 'sie wird
mich nicht blind machen.' Oft und oft führte er jetzt
das biblische Wort im Munde: 'Ich muß wirken dieweil
es Tag ist.' Und er kannte den drohenden Nachsatz:
'Es kommt die Nacht, da niemand wirken kann.'

'Das Leben ist kurz', schrieb er Weihnachten 1874
an Kolster, 'und es wird immer mehr Abend mit mir.
Sie haben nach Ihrem letzten Brief eine Aeußerung von
mir so verstanden, daß es mit meinen Augen besser
werde. Ach, liebster Freund, wenn das wahr wäre, so

wäre Alles gut und mich sollte nichts grämen. Aber das Gegentheil ist leider der Fall. Doch wozu klagen? Wirken und arbeiten, dieweil es Tag ist — das ist mein Spruch, aber es will Abend werden und Nacht!"

Doch in die drohende Nacht fiel noch einmal ein heller Strahl des Glückes und leuchtete ihm bis zum Ende. Es gab für ihn trotz Allem, was er verloren, noch ein neues Leben.

Am 15. Mai 1875 vermählte er sich in Darmstadt mit Fräulein Fernande Helmsdörfer, einer Enkelin des Grammatikers Karl Ferdinand Becker.

Wieder mögen Auszüge aus Briefen einen Blick in seinen Seelenzustand und auf sein weiteres Leben er=öffnen.

Sonntag 28. Februar 1875 ... Ihr letzter Brief gibt mir abermals ein Zeichen Ihres treuen Angedenkens, das mich tief bewegt und mir die Pflicht auferlegt, Sie zum ersten Vertrauten eines Geheimnisses zu machen, das meine ganze Trauer mit einem Male in lauter Freude und Wonne verwandelt hat. Sie wissen, wie werth mir Fräulein Helmsdörfer geworden war ... Seit dem 23ᵗᵉⁿ ist das geliebte Wesen mein, und ich sehe mein armes Leben mit einem Male von einem Sonnenglanz umgeben, wie ich ihn lange nicht geschaut. Es wird nun wieder anders werden, lieber Freund, und Sie sollen Ihren alten Freund nicht nur wieder in alter Thätigkeit sehen, sondern auch so fröhlich und heiter, wie Sie ihn noch nicht gekannt haben.

Sonntag 7. März 1875 ... Ich weiß es, ich mache keinem eine größere Freude mit dieser Nachricht, als Ihnen. Ich kann wieder hoffen und mich freuen; das Leben, das mir ganz in Stücke gegangen war, ist mir wieder ein Ganzes; ich habe einen Zweck zum Vorwärtsstreben und Arbeiten und werde nicht länger meine Tage in freudeloser Einsamkeit verbringen. Zu dem großen,

reichen Schaße, den ich ehedem besaß, habe ich ein Juwel gewonnen, das in immer hellem Glanze mein Leben überstrahlt
und mit Farbe, Licht und Wärme erfüllt ... Meines Glückes sehe
ich kein Ende und fürchte nur den Neid der Götter und des
Schicksals. Beten Sie mit mir, daß er fern bleibe, so lange ich
lebe! Doch was werfe ich diesen Schatten in den Sonnenglanz
der Gegenwart?

Freitag 19. März 1875. O, wenn ich Sie von dem Ueberschwang meines Glückes mit genießen lassen könnte! Meines Lebens
schönster Traum von einem befriedeten, seligen Dasein — er erfüllt sich.

Sonntag 19. September 1875 Fernande Helmsdörfer ist die
Enkelin von dem Grammatiker Karl Ferdinand Becker, der Gegen-
saß der historischen und philosophischen Grammatik ist durch
unsere Heirath geschlichtet ... Ich wäre ohne sie abermals in
eine furchtbare Oede und Leere des Daseins gerathen, bin nun
aber durch sie doppelt glücklich ... Unsere Hochzeit feierten wir
am Pfingstabend in Darmstadt bei den Verwandten und Ge-
schwistern, waren am ersten Festtage Morgens in Worms und
fuhren bei dem wundervollsten Wetter rheinabwärts bis Rolandseck,
wo uns Simrock in Empfang nahm und drei Tage auf Menzenberg
beherbergte. Dann gings über Köln noch auf ein paar Tage nach
Goslar und Harzburg, immer bei dem herrlichsten Wetter, und am
andern Sonnabend empfingen uns die Kinder hier in Berlin, vorläufig noch in der alten wohlbekannten Wohnung. Aber schon
war eine neue gemiethet, Wand an Wand mit Wilhelm Nißsch,
mit der herrlichsten Aussicht auf die Villa von der Heydt, den
Kanal und den Thiergarten, weit von der Universität, aber dafür
frei von allen Uebeln der Stadt ...

Müllenhoff hatte, so lang er in Berlin war, Schellingstraße 7 gewohnt. Die neue Wohnung, die er im
Juli 1875 bezog, lag auf dem Lützower Ufer 18. Von
hier aus verheirathete sich auch seine Tochter, und bald
wuchsen ihm, nur wenig verschieden im Alter, ein

Söhnchen aus zweiter Ehe und der erste Enkel heran. Ein Töchterchen folgte, 'ein so fröhliches Wesen', wie er sagte, 'daß einem das Herz auflacht, so oft man sie sieht.' Müllenhoffs Haus war jetzt voll Munterkeit, Gespräch und süddeutscher Lebhaftigkeit.

Aber der Alterthumskunde kam das neue Behagen und der frische Aufschwung seines inneren Lebens nicht unmittelbar zu Gute. Nach Haupts Tode fiel ihm die Besorgung neuer Ausgaben von Lachmanns altdeutschen Texten zu; er redigirte die Sammlung von Lachmanns kleinen Schriften zur deutschen Philologie; und hatte, wie immer, viel Vergnügen an eigenen kleinen Untersuchungen, die sich in engerem Rahmen leicht bewältigen ließen. Als am 8. September 1878 sein sechzigster Geburtstag festlich begangen ward und ihm seine Schüler seine von Lürßen meisterhaft modellirte Potraitmedaille übergaben, da versprach er feierlich die Arbeit an der Alterthumskunde wieder aufzunehmen. Gleichwohl mußte ein äußerer Anstoß kommen, um wenigstens den Druck des großen Unternehmens von neuem in Gang zu bringen: die Zweifel von Bang und Bugge an dem echt germanisch-heidnischen Charakter der altnordischen Mythologie, wie wir sie aus den Liedern der Edda kennen. Müllenhoff entschloß sich, diesen Angriff auf die Echtheit der Edda sofort zurückzuweisen, und, wie gewöhnlich, gab er sich keine Mühe, seinen Unmuth zu verbergen, sondern schlug mit Keulen drein. Die Erörterungen aber, die so entstanden, und die tiefsinnigen Unter-

suchungen über die nordische Mythologie und Dichtung,
zu denen er dabei geführt wurde, bezeichnete er als
fünften Band der Alterthumskunde: sie konnten in Wahr=
heit etwa als eine Einleitung in den religionsgeschicht=
lichen Theil des Buches angesehen werden. Es waren
22 Bogen davon ausgearbeitet und gedruckt, als ihm
ein unerbittliches Schicksal die Feder für immer aus der
Hand nahm.

Der Zustand seiner Augen war im Sommer 1883
äußerst bedenklich geworden. Die Correctur der neuen
Bogen seines großen Werkes war das Letzte, was er
ihnen zumuthen durfte. Es blieb ihm nur noch ein
leiser Schimmer des Lichtes. Aber auch sein ganzes
Denken wurde langsamer und schwerfälliger. Mit unsäg=
licher Mühe versuchte er im Herbst, seiner Frau eine
Vorrede zu Wilhelm Mannhardts nachgelassenen Schriften
zu dictiren: denn dieser treue Freund war am 25. December
1880 gestorben, und Müllenhoff unterzog sich der Pflicht,
für angemessene Publication seines Nachlasses zu sorgen.
Schon seit dem Sommer 1880 hatte Müllenhoff darauf
verzichtet, den regelmäßigen Cyclus seiner Vorlesungen
durchzuführen; und er beschränkte sich fortan auf Ein
Privatcolleg. Für das Wintersemester 1883 auf 1884
mußte er auch das Eine Privatcolleg aufgeben, und seine
Absicht war, nur die gewohnten Uebungen über Wolframs
'Parzival' zu halten. Aber er hat nur zweimal noch
den Hörsaal betreten.

Ein entsetzliches Erlebniß stand ihm bevor. Am

1. November 1883 des Morgens um halb 7 Uhr starb in Kiel sein zweiter Sohn, der Capitain-Lieutenant Udo Müllenhoff. Er hatte sich selbst erschossen; und bis heute kennt niemand die Motive seiner That.

Müllenhoff stand mit unglaublicher Tapferkeit dem furchtbaren Schlage. Ja er richtete sich noch einmal auf: wie es schien, mit verdoppelter Kraft.

Die Freunde suchten ihm Trost in der Arbeit zu schaffen, und er ging auf einen Plan freudig ein, den namentlich August Meißen, unterstützt durch Max Duncker, mit hoffnungsvollem und hingebendem Eifer betrieb. Es sollte versucht werden, ihm Mitarbeiter für die Alter=thumskunde zu stellen, die nach seinen Instructionen und unter seiner beständigen Leitung das Werk zu fördern hätten, aber aus Staatsmitteln besoldet würden. Der Versuch war von dem besten Gelingen begleitet. Allein, als die entscheidende günstige Nachricht kam, war der, den sie beglücken sollte, unheilbarem Siechthum verfallen.

Eines Morgens beim Aufwachen hatte Müllenhoff den freien Gebrauch der Sprache verloren. Er suchte mühsam nach den Worten; falsche kamen ihm in den Mund; für die nächsten und bekanntesten Begriffe fehlte der Ausdruck. Der Zustand verschlimmerte sich nicht rasch; ja er schien sich zuweilen zu bessern. Erregung und Anstrengung mußte dem Kranken ferne gehalten werden. Rührung überkam ihn leicht, und Thränen stürzten ihm bei geringen Anlässen in die Augen. Er machte noch immer große Spaziergänge, wie er gewohnt war, aber nicht mehr allein. Seine Frau versuchte ihm vorzulesen. Vieles ward angefangen und wieder verworfen. Er knüpfte an die heißhungrige Lectüre seiner Leipziger Studienzeit an und ließ den echten Robinson Crusoe vornehmen, zu dem er damals nicht gekommen war. Aber das Buch langweilte ihn. Nur Sophokles übte den alten Zauber, und der unvergessene Freund seiner Jugend, der den Eingang seines wissenschaftlichen Lebens weihte, stand ihm auch am Ausgange zur Seite. Die 'Summe von allem Schönen, was die Alten haben', warf einen milden Schein über seine letzten Stunden geistigen Genießens.

Es kam eine Zeit des reinen Leidens, wo an Spaziergang und Lectüre nicht mehr gedacht werden konnte. Eine Lungenentzündung beschleunigte das Ende. In langen, bangen, schlaflosen Nächten ließ er sich Kirchenlieder vorsagen, am liebsten: 'Aus tiefer Noth schrei ich zu Dir', oder 'Gieb dich zufrieden und sei stille'. Er sehnte sich nach dem Tode. Und am 19. Februar 1884, Mittags um 1½ Uhr, that er den letzten Athemzug. Am 22. Februar ward er begraben: neben seiner ersten Frau, wie er es erwartet hatte.

'Der Tod', schrieb er vor Jahren tröstend einem Freunde, 'ist grausam gegen die Hinterbleibenden, aber in Wahrheit doch ein treuer, ja der beste Freund des Menschen, dessen Bild und Wesen er erst vollendet hinstellt, — und wie oft ein Erlöser!'

Zu S. 95, Z. 3.

Müllenhoffs 'Deutsche Alterthumskunde' beginnt:

Als im Herbst 1852 der Quickborn erschien, überraschte es mich nicht wenig, darin mehr als einmal den
Gesang der Schwäne als etwas an unserer Nordseeküste
ganz Gewöhnliches erwähnt zu finden. Der Dichter, der
damals auf Femarn im Osten von Holstein lebte, schrieb
mir: 'Hier auf der Insel kennt ihn jedermann, es ist
ein wunderbar melancholischer Klang, ähnlich fernem
Geläute oder tönenden Amboßen, mitunter so stark, daß,
wer nicht daran gewöhnt ist, Nachts im Schlafe dadurch
gestört wird'. In unsrer Heimath, an der Westküste
hatte ich nie etwas davon gehört und bezweifle sehr,
daß der Gesang hier irgendwo so bekannt ist, wie der
Dichter annimmt. Aber seine Wahrnehmung wird von
allen Inseln und Küsten der Ostsee bestätigt, und etwas
Neues oder gar Fremdes hatte er damit in die deutsche
Poesie nicht eingeführt.

Müllenhoff zeigt dann, daß mit den antiken Erwähnungen
des Singschwans keine Kunde von den nordischen Germanen verbunden war.

10

Zu S. 122, Anm. und S. 141.

Die Adresse lautet:

Dem Meister.
Hochverehrter Herr Professor.

Eine irgendwie öffentliche Feier des achten Sep=
tember 1878 durften wir Ihnen nicht vorschlagen; aber
Sie haben uns gestattet, Ihnen ein geringes Zeichen
der Dankbarkeit, Liebe und Verehrung zu geben, um
dessen freundliche Annahme wir Sie jetzt bitten. Das
Geschenk ist weniger Ihnen als uns selbst gemacht: Ihr
Bild von heute, durch Künstlerhand festgehalten, ein un=
verlierbares Denkmal für alle, die an Ihrem Leben und
Wirken Antheil nehmen, ein Denkmal insbesondere für
diejenigen, welche das Glück hatten, aus Ihrer Thätig=
keit Gewinn für eigenes geistiges Streben ziehen und
in unmittelbarem Verkehre mit einem Meister lernen zu
dürfen, wie sich Vorsicht und Kühnheit, Genauigkeit und
Phantasie, strenge Arbeit und weitgreifende Combination,
wie sich Beobachten und Vergleichen, Durchdringen und
Umfassen, wie sich deutsche und classische, formale und
reale Philologie verbinden lasse.

Mit den wärmsten Wünschen für Ihr Wohl und
Glück geleiten wir Sie in das siebente Jahrzehend Ihres
Lebens und übermitteln Ihnen die antheilsvollen er=
gebenen Grüße der Schüler und Verehrer, in deren
Namen wir reden, der Herren Bechtel, Blume, Bock,
Conradt, Feit, Fresenius, Freytag, Gombert, Hartmann,

Harczyk, Heinzel, Henning, Emil Henrici, Ernst Henrici, Jacobsthal, Jacoby, Joseph, Kinzel, Kochendörffer, Lexer, Lichtenstein, von Liliencron, Lucae, Martin, Edmund Meyer, Elard Hugo Meyer, Michaelis, Minor, von Muth, Patzig, Reimer, Roediger, Sauer, Scherer, Schmidt, Schönbach, Schröder, Schubert, Seemüller, Steinmeyer, Storck, Strauch, Strobl, Studemund, Töche, Wagner, Walther, Werner, Witthöft, Zimmer, Zupitza.

Beilage.

Gedächtnißrede auf Karl Müllenhoff.[1]

(Gelesen am 8. Juli 1884 in der öffentlichen Sitzung der Königl. preußischen Akademie der Wissenschaften.)

Am 19. Februar 1884 ist Karl Müllenhoff für immer aus unserem Kreise geschieden; und wenn ich heut über ihn spreche, so geschieht es wie an einem frischen Grabe: ich kann nur versuchen, in leichtem Umriß anzudeuten, was die Wissenschaft an ihm verloren.

[1] Auch im ersten Bande der von K. Burdach und E. Schmidt 1893 herausgegebenen 'Kleinen Schriften von Wilhelm Scherer' S. 187 ff. abgedruckt. Wesentlich einen Auszug daraus bietet sein Artikel über M. in der 'Allgemeinen deutschen Biographie' 22, 294—299, mit Litteraturangaben am Schluß. An den 1. Theil der 'Deutschen Alterthumskunde' hat Scherer eine populäre Abhandlung 'Die Entdeckung Germaniens' geknüpft: Vorträge und Aufsätze 1874 S. 21 ff. Verwiesen sei auch auf die z. Th. in die fünfziger Jahre zurückreichenden Entwürfe einer großen Vorrede, worin M. die weiten Ziele seines Werkes darstellen wollte; 1868 mit einem politischen Excurs. Diese Blätter sind erst 1890 durch Roediger im neuen vermehrten Abdruck des 1. Bandes aus dem Nachlaß hervorgezogen worden. Roediger hat ferner im Verein mit Pniower 1887 den 2. Band, 1892 auf Grund der Papiere und akademischer Abhandlungen den 3. veröffentlicht; der 4., der Germania auf Grund des Kolleghestes gewidmet, ist unter der Presse. Der 5. behandelt die poetische und die prosaische Edda:

Müllenhoff trat in diese Akademie vor zwanzig Jahren, als Jacob Grimm ihr eben entrissen war; und unter allen Fachgenossen hat keiner das Werk Jacob Grimms mit solcher Energie fortgesetzt, wie er.   Früh wählte er sich eine große Aufgabe; unerschütterlich hielt er daran fest; und beinahe bis zum letzten Athemzuge hat er darin gelebt: er wollte eine deutsche Alterthumskunde schreiben.   Er wollte den Ursprung unseres Volkes er= forschen, die heidnischen Germanen schildern und das deutsche Heidenthum in seiner Wirkung auf die späteren Zeiten verfolgen.   Alle wissenschaftlichen Arbeiten Müllen= hoffs stehen mit wenigen Ausnahmen zu diesem Plan in Beziehung und dürfen als Vorarbeiten dazu an= gesehen werden.   Von dem Buche freilich, dem er den Titel 'Deutsche Alterthumskunde' gab und das die Re= sultate lebenslänglichen Strebens zusammenfassen sollte, hat er nur den ersten Band sowie 22 Bogen des fünften

die erste größere Abtheilung hat Scherer 1883 während Müllenhoffs Krankheit mit einem kurzen Geleitwort ausgeschickt, ihre
Ergänzung Roediger, von Ranisch unterstützt, 1891 besorgt.   Der
6. Band soll die Mythologie bringen; der 7., für den ein viel
reicherer und reiferer Stoff in Heften und Aufsätzen vorliegt, wird
die Heldensage darstellen.   Ueber das ganze Verfahren bei der
Erschließung des Nachlasses ist Roedigers Vorwort zum 2. Bande
nachzulesen.   Daß die langwierige und mühsame Arbeit, die
Müllenhoffs Lebenswerk, so weit er es geführt hat, für die Wissenschaft rettet, im vollen Umfang angegriffen und schon größtentheils
veröffentlicht werden konnte, ist neben den genannten Gelehrten den
K. Preußischen Ministerien des Unterrichts und der Finanzen zu
verdanken, welche die erforderlichen Mittel bewilligt haben.

noch selbst in den Druck gegeben und den zweiten Band
nahezu, den dritten zum geringen Theil druckfertig hinterlassen. Aber es wird auf Grund seiner Vorlesungen,
einiger handschriftlicher Aufzeichnungen und seiner gedruckten Schriften, wenn man nur allen darin enthaltenen
Andeutungen sorgfältig nachgeht, im Ganzen und Großen
wohl möglich sein, entweder das Bild des Werkes, wie
es sich seinem Geiste zuletzt ungefähr dargestellt haben
muß, annähernd wieder zusammenzusetzen oder, was
seinem eigenen Willen besser entsprechen würde, es auf
Grund seiner Vorarbeiten und in seinem Sinne, aber
mit selbständiger Ausführung zu vollenden.

Ethnographische Erörterungen machen den Anfang,
für welche Kaspar Zeuß in seinem Buche 'Die Deutschen
und ihre Nachbarstämme' einen vortrefflichen Grund
gelegt hatte. Aber Müllenhoff suchte den von ihm hoch-
verehrten Vorgänger in allen Puncten zu übertreffen,
indem er an den überlieferten Nachrichten strengere Kritik
übte und die Probleme vertiefte. Die Frage nach dem
allmählichen Bekanntwerden der Germanen glaubte er
nur beantworten zu können, wenn er in die Geschichte
der Erdkunde bei den Alten eingedrungen wäre. Die
Frage nach dem Verhältnisse der Deutschen zu ihren
Nachbarstämmen verwandelte sich ihm in die Frage nach
der Art und Weise, wie Europa bevölkert worden oder
wenigstens wie die Völker arischen Stammes in Europa
ihre Sitze eingenommen hätten.

Im ersten Bande der Alterthumskunde setzte er

auseinander, wie das Zinn und der Bernstein frühzeitig
die Seefahrer aus dem Mittelmeer in den Nordwesten
unseres Welttheils lockten und wie dann auf ihrem Wege
einem Griechen des vierten Jahrhunderts vor Christus,
dem Pytheas von Marseille, die wissenschaftliche Ent=
deckung Brittanniens und zugleich die Entdeckung der
Nordseeküste jenseits des Rheins mit einer deutschen
Bevölkerung gelang. Die Persönlichkeit des Pytheas
bekam eine ungeahnte Klarheit: der Entdecker der Ger=
manen war nach Müllenhoff der erste Gelehrte, welcher
daran dachte, die Astronomie auf die Geographie an=
zuwenden; er war der erste, der die Polhöhe eines Ortes,
die Polhöhe seiner Vaterstadt, zu bestimmen suchte; und
seine Fahrt nach dem europäischen Nordwesten war eine
wissenschaftliche Erforschungs= und Entdeckungsreise, die
er zunächst unternahm, um das wunderbare große Phä=
nomen der Steigung des Pols und der Neigung des
Kosmos gemäß der Veränderung des Horizontes nach
Norden hin mit eigenen Augen zu verfolgen und zugleich
die Ausdehnung unseres Welttheils und die Zugänglich=
keit seiner Länder zu erkunden.' Müllenhoff glaubte
aber später, wie er brieflich äußerte, ein Moment nicht
richtig und hinlänglich hervorgehoben zu haben. 'Wollte
nämlich', schrieb er mir, 'Pytheas die Steigung des Pols
verfolgen, so wollte er sich ohne Zweifel durch die eigene
Anschauung von der Kugelgestalt der Erde überzeugen,
und seine Reise setzt dieses Theorem voraus'.

Der zweite Band zerfällt wie der erste in zwei

Bücher, das eine betitelt 'Die Nord- und Ostnachbarn der Germanen', das andere 'Die Gallier und Germanen'. Es handelte sich um die frühesten nachweisbaren Grenzen Germaniens, und das Resultat sollte sein, daß das Gebiet der Oder und der Elbe unterhalb des Gebirges die älteste und eigentliche Heimath unserer Ahnen gewesen sei. In den Zusammenhang dieser Erörterungen gehört Müllenhoffs letzte akademische Abhandlung 'Ueber den südöstlichen Winkel des alten Germaniens', deren Resultate er übrigens in einem Hauptpuncte mündlich mir gegenüber zurücknahm. In demselben Zusammenhange ward er zu einer genauen Erläuterung des dritten Kapitels von Jordanes' Getica geführt, worin er eine vermuthlich von dem Herulerkönig Rodwulf herrührende, in sich wohlzusammenhängende Beschreibung Scandinaviens aus der Zeit um 500 n. Chr erkannte: eine Entdeckung, deren wesentliche Ergebnisse er in Herrn Mommsens Ausgabe des Jordanes eintrug. Ebenso konnte ich aus seinen Untersuchungen über die Westgrenze vor Jahren schon die schöne und vergleichsweise sichere Beobachtung veröffentlichen [Kl. Schr. 1, 462], daß der alte Keltenboden in Deutschland durch die Flußnamen auf apa oder affa charakterisirt ist.

Der dritte Band der Alterthumskunde sollte nach Müllenhoffs Absicht 'aus der Stellung und dem sprachlichen Verhältniß der ältesten historisch bekannten Völker des mittleren Europas in dem Striche von den Pyrenäen bis zum Kaukasus den Beweis führen, daß die Väter der Germanen nicht später jenen Wohnsitz (an der Oder

und Elbe) eingenommen haben können, als die urver=
wandten Stämme der Italiker und der Griechen ihre
Sitze in Italien und Griechenland'. Der Band sollte
weiter 'auf Grund der Nachrichten der Römer und
Griechen die Ausbreitung und Verzweigung der Germanen
um den Anfang unserer Zeitrechnung darlegen'. Hier
griff Müllenhoffs Artikel über die Geten von 1857, hier
griffen seine akademischen Vorträge über das Sarmatien
des Ptolemäus und über die Abkunft und Sprache der
pontischen Skythen und Sarmaten, hier griffen seine
Untersuchungen über die römische Weltkarte und sein
Anhang zu Herrn Mommsens akademischer Abhandlung
über das um 297 aufgesetzte Verzeichniß der Provinzen,
hier griff endlich seine Quellensammlung Germania an-
tiqua ein. Er wollte nachweisen, daß das Verhältniß
der europäischen Sprachen unter einander der geographischen
Stellung entspreche, welche die Völker in unserem Welt=
theile einnehmen. Dieser Stellung, meinte er, müsse
auch die Ordnung des Zuges entsprochen haben, in der
die europäischen Arier einmal von Osten her einrückten.
Die Ahnen der Kelten an der Spitze, hinter ihnen neben
einander die Uritaliker und Urgermanen, hinter jenen die
Urhellenen, hinter diesen (den Urgermanen) die Littauer
und Slawen als ein zweigetheilter Haufe. Die Trennung
der Germanen von den Italikern müsse am Fuße der
Karpathen, nicht innerhalb des Gebirges erfolgt sein,
und die Urgermanen müßten von da aus auf dem nörd=
lichen Wege, um das Gebirge herum, das wilde, wald=

und wasserreiche Gebiet an der Elbe und Oder erreicht
haben, das so recht eigentlich erst ihre Geburtsstätte
werden sollte, wo sie zu einem eigenen und nur sich selbst
ähnlichen Volk erwuchsen.

Diesen Bildungsprozeß der Nation verfolgte er an
der Hand der Sprache, indem er die Lautverschiebung
aus dem harten verzweifelten Kampfe des Volkes mit
einer lieblosen Natur und das germanische Accentgesetz
aus der einseitig kriegerischen Charakterbildung, mit der
die Germanen in die Geschichte eintraten, zu erklären
suchte. Die Germanen schieden sich nach ihm in Ost=
und Westgermanen. Zu den Ostgermanen gehörte der
vandilisch=gothische Stamm und die Scandinavier; zu
den Westgermanen die übrigen Völker, die Ahnen der
Deutschen, Niederländer und Engländer, welche schon in
der von Tacitus überlieferten Genealogie der Söhne des
Tuisto als ein unter sich näher zusammenhängendes
Ganze erscheinen. Die genaue Untersuchung dieser
Genealogie führte unseren verewigten Kollegen zu wich=
tigen Beobachtungen, welche einen Grund= und Eckstein
seiner gesammten Ansicht des germanischen Alterthums
ausmachten, aber erst im fünften und sechsten Bande
seines großen Werkes sich völlig entfalten sollten.

Der vierte Band zunächst mußte den Zustand der
Germanen, welchen die Nachrichten der Alten vor Augen
stellen, innerhalb der weltlichen Sphäre, in Staat und
Recht, in Wirthschaft und Sitte darlegen und die gleich=
zeitigen Berichte fremder Beobachter aus der einheimischen

Ueberlieferung, aus den späteren Verhältnissen erläutern
und ergänzen.   Schöne Muster für dieses Verfahren
stellte er in der mit Herrn v. Liliencron gemeinsam ver=
faßten Schrift zur Runenlehre und in der Abhandlung
über den Schwerttanz auf.   In jener suchte er die frühe
Existenz der Runen und ihren Gebrauch bei der von
Tacitus geschilderten Prophezeiung durch das Loos nach=
zuweisen und vertrat beiläufig den wichtigen Satz, daß
die germanischen Personennamen die sicherste Quelle
seien, aus der wir die Lebensideale unserer Vorfahren
entnehmen können.   In dieser zeigte er die Fortdauer
des von Tacitus beschriebenen Schwerttanzes in zahl=
reichen jüngeren Zeugnissen auf und gewann zugleich
ein genaueres Bild dieses kriegerischen Spieles, als es
der taciteische Bericht für sich allein gewähren würde.
Die ganze unsterbliche Schrift des Tacitus wußte er so
lebendig zu machen.   Vielfach berührte er sich hierbei mit
Herrn Waitz' 'Deutscher Verfassungsgeschichte'; und mit
einem Aufsatz über die deutschen Wörter der Lox salica hat
er sich selbst an diesem gelehrten Werke oder wenigstens
an einer Beilage desselben betheiligt.   Wenn auch Recht
und Verfassung ihn nicht in erster Linie anzogen, so
glaubte er doch gefunden zu haben, daß die germanische
Urverfassung mit der römischen und keltischen identisch
gewesen sei, und er vermehrte sonst unsere Kenntniß
durch manche glücklich bemerkte Einzelheiten.   Aber sein
eigenstes Gebiet, an dem er mit ganzer Seele hing,
betrat er, wo irgend germanische Poesie in Frage kam.

Er achtete auf die ältesten Spuren der Allitteration. Er erörterte in wesentlicher Uebereinstimmung mit seinem Lehrer Lachmann die Urform des germanischen Verses in der Abhandlung De carmine Wessofontano. Er stellte in einer anderen lateinisch geschriebenen Untersuchung De antiquissima Germanorum poesi chorica fest, daß die älteste germanische Poesie im Wesentlichen strophischer Chorgesang gewesen und die Keime der epischen, der lyrischen und der dramatischen Dichtung, unentwickelt, aber entwickelungsfähig, in sich enthalten habe. Er zeigte, wie hieraus eine gemischte Form, Prosa mit eingefügten Versen, und zuletzt das Epos mit fortlaufenden, nicht strophisch gegliederten Langzeilen hervorging.

Der Inhalt der ursprünglichen Chorpoesie aber war mythologisch; der Inhalt des Epos war halb mythisch, halb historisch. Dort haben wir es mit den germanischen Göttern, hier mit den deutschen Heroen zu thun. Dort galt es, sich mit Jacob Grimms 'Deutscher Mythologie', hier galt es, sich mit Wilhelm Grimms 'Deutscher Helden= sage' auseinanderzusetzen. Die Religion sollte im fünften, die Heldensage im sechsten Bande der deutschen Alter= thumskunde abgehandelt werden.

Zu den wichtigsten Quellen der altgermanischen Mythologie gehören die altnordischen Ueberlieferungen heidnischen Inhaltes, wie sie hauptsächlich in der älteren und jüngeren Edda vorliegen. Ihnen hat Müllenhoff jahrelange, tief eindringende Untersuchungen gewidmet und einen Theil derselben in dem, was vom fünften

Bande der Alterthumskunde gedruckt ist, ausgearbeitet. Im weiteren Verfolge wäre dann eine Entdeckung zur Sprache gekommen, die er zum Theil schon 1847 in dem Aufsatz über Tuisco und seine Nachkommen vortrug, die er später unablässig ausbildete und welche nach der Seite der Ethnographie, der Verfassung, der politischen Geschichte, der Religions= und Litteraturgeschichte ein gleich helles Licht verbreitete. Ich habe schon vorhin darauf hin= gedeutet.

Die Existenz von vier urgermanischen Stämmen, zu denen der scandinavische als fünfter kommt, steht durch die Zeugnisse der Alten unzweifelhaft fest. Müllenhoff war in wesentlicher Uebereinstimmung mit Herrn Waitz der Ansicht, daß wir die Istävonen in den späteren Franken, die Ingävonen in den Eroberern Englands und ihren deutschen Verwandten, die Herminonen theils in den Thüringern und Hessen, theils in den Alemannen wiederfinden dürfen, und daß in den Baiern sich vandilisch= gothische Elemente, wenn auch nicht unvermischt, erhalten haben. Uralte Scheidungen also leben in diesen noch heute kräftigen und für unser öffentliches Leben nicht gleichgiltigen Stammesverhältnissen fort. Von welcher Art aber waren die Stämme zur Zeit des Plinius und Tacitus? Was hielt die Völker zusammen, die sich zu Einem Stamme rechneten? Müllenhoff antwortete: die Religion, ein gemeinsamer Cultus. Sie verehrten eine Stammesgottheit, von der sie abzustammen glaubten und deren Heiligthum sie von Zeit zu Zeit an großen

Festtagen in Massen aufsuchten. Müllenhoff aber ging
weiter. Er sagte: wir brauchen die Stammculte nicht
bloß vorauszusetzen; wir haben von allen vier Stamm=
culten deutliche Berichte. Die Göttin Nerthus hielt die
Ingävonen zusammen; der Cultus der Tanfana ver=
einigte die Istävonen; ein Gott, der sich leicht als der
Kriegsgott zu erkennen giebt und dessen Heiligthum im
Gebiete der Semnonen lag, war der Stammgott der
Herminonen; und die germanischen Dioskuren, von denen
Tacitus berichtet, gaben den Mittelpunct für die vandilisch=
gothischen Völkerschaften her. Aber damit nicht genug!
Müllenhoff wußte wahrscheinlich zu machen, daß uns
auch die Mythen, die sich an jene Gottheiten knüpften,
noch erhalten seien. Insoferne die Stammgottheiten auch
Stammväter oder Stammmütter sind und genealogisch
an der Spitze der sie verehrenden Stämme stehen, in=
sofern insbesondere das Priester= oder auch spätere Königs=
geschlecht, das ihrem Cultus vorstand, seinen Ursprung
in gerader Linie von ihnen herleitete, insoferne traten
entweder sie selbst oder mythologische Personen, die sich
von ihnen abtrennten, aus der Reihe der Götter in die
Zahl der Heroen über, und an solchen Helden haftet
dann der Mythus in nach und nach immer menschlicherer
Gestalt ohne Bewußtsein der alten Bedeutung. So ist
nach Müllenhoff Siegfried und sein Mythus aus der
Stammesreligion der Istävonen oder Franken in die
Nibelungensage aufgenommen worden. So lebt der in=
gävonische Hauptmythus in dem altenglischen Epos vom

11

Beowulf fort. So gingen die vandalischen Dioskuren
in die Sagen von Ortnit und Wolfdietrich über. So
wurden Figuren des herminonischen Mythus in die
Sage vom Untergange des thüringischen Reiches ver=
flochten.

Hiermit war ein bedeutungsvoller Schritt über Jacob
Grimms Mythologie hinaus gewagt. Verfolgte man
Grimms Darstellung, so bekam man wohl von einzelnen
Göttergestalten ein mehr oder weniger deutliches Bild,
aber im Gegensatze zur reich entwickelten Mythologie des
Nordens fiel die deutsche Mythenarmuth auf. Müllenhoff
zeigte, daß ein Theil wenigstens dieser Mythen und
gerade der wichtigste, mit den öffentlichen Einrichtungen
am meisten verknüpfte in der späteren Heldensage, in den
mittelhochdeutschen Volksepen gerettet sei. Auch in der
Gudrun, auch in dem Gedichte von Orendel erkannte er
uralt=mythologischen Stoff. Ueberall suchte er historische
und mythische Bestandtheile strenge zu scheiden und den
zerstreuten Anspielungen auf unsere Heldensage, die
Wilhelm Grimm gesammelt hatte und die er selbst zu
sammeln fortfuhr, möglichst viel für die geschichtliche
Entwickelung der deutschen heroischen Epik abzugewinnen.

Hierin bewährte er sich als Lachmanns Schüler.
Lachmanns Vorlesungen hatten sein Augenmerk auf die
Geschichte der deutschen Heldensage und Heldendichtung
gelenkt; und bald wurde sie ihm der Mittel= und Aus=
gangspunct seiner Studien. Allen mittelhochdeutschen
Heldenepen widmete er spezielle Untersuchungen. Er zog

ihren Stoff ebenso sorgfältig in Betracht wie ihre Form und ihre Ueberlieferung. Er wandte Lachmanns kritische Prinzipien auf die Gudrun an. Er suchte in der Streit= schrift 'Zur Geschichte der Nibelunge Not' Lachmanns Ansichten über die Entstehung des Nibelungenliedes fort= zubilden und die dagegen erhobenen Einwendungen zu entkräften. Er gab in Gemeinschaft mit seinen Schülern Martin, Zupitza, Jänicke, Amelung, denen sich noch Steinmeyer anschließen sollte, das 'Deutsche Heldenbuch', eine Sammlung aller mittelhochdeutschen Heldengedichte mit Ausnahme des Nibelungenliedes und der Gudrun, heraus. Und er wandte jene vorsichtige Scheidung des Mythischen und Historischen, welche Lachmann in seiner Kritik der Sage von den Nibelungen gelehrt hatte, auf die sämmtlichen deutschen Heldensagen und auf den Beowulf an.

Es zeigt sich nun, weshalb seine Alterthumskunde mit einer Geschichte der deutschen Heldensage schließen mußte. In dem mittelhochdeutschen Volksepos gelangte uralter geistiger Besitz unserer Vorfahren zu neuer und zum Theil glänzender Wirkung. Das Christenthum ver= nichtete scheinbar die alten Götter; aber den Heroen konnte es nichts anhaben, und unter diesen Heroen bargen sich Götter. Dagegen vor dem romanischen Geiste, der uns im zwölften Jahrhundert viele neue Stoffe zuführte und die ritterlichen Dichter des Mittelalters für das höfische Epos gewann, hielten die heimischen Helden nicht Stand. Sie verfielen einem weniger gebildeten Publikum;

11*

die Lieder, die ihnen galten, verklangen im sechzehnten
Jahrhundert; und erst die litterarhistorische Bewegung,
die zur romantischen Poesie und Wissenschaft führte, blies
ihnen von neuem den Hauch des Lebens ein.

Müllenhoff war nun aber weit entfernt, die deutsche
Poesie außerhalb der Heldensage zu vernachlässigen. Er
hatte sich eine klare und umfassende Vorstellung von der
ganzen Entwickelung unserer Dichtung bis ins dreizehnte
Jahrhundert gebildet und setzte dieselbe seinen Zuhörern
auseinander. Er las außerdem über die ältesten Lyriker,
über Walther von der Vogelweide, über Wolframs
Parzival, und es versteht sich von selbst, daß seine Beschäftigung mit diesen Dingen nicht unfruchtbar blieb,
sei es, daß er neue Ansichten aufstellte, sei es, daß er
unberechtigte Einwendungen gegen Lachmannsche oder
sonstige frühere Meinungen zurückwies. Aber im Vorder-
grunde seines Interesses und seiner produktiven Thätigkeit stand immer die volksthümliche Dichtung. In den
'Denkmälern deutscher Poesie und Prosa', die wir zusammen herausgaben, beschränkte er sich auf poetische
Stücke und wählte fast nur solche, die der volksthümlichen
Poesie angehören, das Wessobrunner Gebet, das Hilde-
brandslied, ein Runenverzeichniß, Zaubersprüche und
Segen, Räthsel und Sprichwörter, Denkmäler ethnographischen und mythologischen Inhalts oder Gedichte,
bei denen es darauf ankam, die mythologische Deutung
zurückzuweisen, wie er denn auch durch einen Aufsatz
über Reinhart Fuchs dem sogenannten Thierepos im

Gegenſatze zu Jacob Grimm den volfsthümlichen Ur=
ſprung abſprach und ſo das Material, aus dem wir
unſere Kenntniß der Popularpoeſie ſchöpfen, kritiſch zu
reinigen und vorſichtig abzugrenzen bemüht war.

Der Antheil an volfsthümlicher Poeſie und ein
ſtarkes Heimathsgefühl führte ihn auch über den Kreis
des Mittelalters hinaus, indem er die Sagen, Märchen
und Lieder aus Schleswig=Holſtein ſammelte und ſie mit
einer bewunderungswürdigen Einleitung verſah, welche
den ganzen in einem ſtarken Bande vereinigten Stoff unter
litterarhiſtoriſche Geſichtspuncte brachte und in die Ge=
ſchichte der deutſchen Poeſie einordnete. Er ließ ſich da=
bei von einem Begriffe des echten Volfsthümlichen leiten,
deſſen hiſtoriſche Richtigfeit vielleicht beſtritten werden
fann, den er aber mit den Brüdern Grimm und Uhland
theilte und der als ein Ideal in unſerer Litteratur des
neunzehnten Jahrhunderts ſeine Früchte getragen hat.
Eine der ſchönſten dieſer Früchte hat er in ihrem Reifen
mit wahrer Liebe und Theilnahme verfolgt, den 'Quid=
born' von Herrn Klaus Groth, deſſen Orthographie er
feſtſtellen half, zu dem er Einleitung, Grammatik und
Gloſſar hinzufügte und den er zum Theil ins Hochdeutſche
übertrug.

Wie er ſich hier als einen Meiſter in der Darſtellung
ſeiner heimathlichen Mundart bewährte, ſo hat er die
Geſchichte unſerer Sprache durch die Vorrede zu den
'Denfmälern' gefördert, indem er uns die fränfiſchen
Dialefte des Althochdeutſchen unterſcheiden lehrte, die

Entwickelung einer deutschen Gemeinsprache von Karl
dem Großen bis auf die Luxemburgischen Kaiser ver=
folgte und so die Wurzeln der neuhochdeutschen Schrift=
sprache bloßlegte. Er zeigte, wie man die Eigennamen
der Urkunden als sicher datirte Sprachquellen benutzen
und darnach undatirte Denkmäler chronologisch bestimmen
könne. Er gehörte zu denjenigen, welche den Anstoß zu
einer neuen, von Grimm und Bopp abweichenden Auf=
fassung des arischen, zunächst des europäischen Vocalismus
gaben. Er trug die deutsche Grammatik in beständiger
Fühlung mit der vergleichenden Sprachwissenschaft vor.
Er war in allen germanischen Sprachen fast gleichmäßig
zu Hause, übte Textkritik auf dem nordischen und alt=
englischen Gebiete ganz ebenso wie auf dem althoch=
deutschen und mittelhochdeutschen, nicht minder aber
auch auf dem griechischen und lateinischen. Er war ein
kundiger Etymolog, in jüngeren Jahren sehr vorsichtig
und zurückhaltend, im Alter zuweilen kühn, immer aber
streng methodisch und jeden Schritt, den er wagte, durch
Analogien belegend. Er war insbesondere ein großer
Kenner der germanischen Personennamen, die er für
grammatische und antiquarische Zwecke auf Grund eigener
reicher Sammlungen in umfassender Weise und höchst
feinsinnig herbeizog. Er griff, wo es nöthig war, über
das germanische Gebiet hinaus, gewöhnte sich früh
mit Zeuß' Grammatica celtica zu operiren, schrieb in
unseren Monatsberichten über die Geschichte des Aus=
lautes im Altslowenischen, arbeitete sich, um die Natio=

nalität der Skythen festzustellen, in die Sprache des
Zendavesta ein und bewies überall dieselbe methodische
Sicherheit.

Wenn er zeitlebens mit der vergleichenden Sprach=
wissenschaft in Fühlung blieb, so hatte er auch im An=
fange seiner mythologischen Forschung alle Resultate der
vergleichenden Mythologie acceptirt und darauf fortge=
baut, ward aber je länger je mehr daran irre, hielt nur
wenige Puncte für sicher, legte größeren Werth auf die
unter ähnlichen Umständen ähnliche Entwickelung der
Mythen und Sagen, und verbreitete im Sinn einer
solchen Betrachtung, ausgerüstet mit den reichen Er=
fahrungen seiner germanischen Sagenforschung, über den
Stoff der Ilias und Odyssee ein neues Licht. Er wußte
Naturmythen glücklich zu deuten, deutete aber nie nach
der Schablone, begünstigte weder die Sonne noch das
Gewitter und hielt sich stets an die besonderen Umstände
und an die zuverlässige Etymologie.

Er war ein ausgezeichneter Kritiker und Interpret.
Er baute immer von unten auf, nach peinlichster und
gewissenhaftester Untersuchung der Fundamente. Er war
gewohnt, nach Lachmanns Beispiel auf die innere Gliede=
rung zu achten, und das konnte ihn auch wohl einmal
zu weit führen, wie bei seiner Abhandlung über den
Bau der Elegien des Properz. Er war gewohnt, sich
nach den Grundsätzen einer strengen Interpretation ein
jedes litterarische Produkt darauf anzusehen, ob es ein=
heitlich aus der Hand Eines Autors hervorging, oder die

Spuren nicht einheitlicher Abfassung, Widersprüche, un=
geschickte Verbindungen, Kennzeichen nachträglicher Zu=
sätze, an sich trug. Er rechnete ebensowohl mit der vielleicht
unterbrochenen und unaufmerksamen Arbeit Eines Ver=
fassers, wie mit der Möglichkeit fremder Einmischung
oder der Zusammenschweißung von Werken verschiedenen
Ursprungs. Er übte diese Methode der sogenannten
höheren Kritik an der Gudrun, am Beowulf, an den
Liedern der alten Edda, an anderen Gedichten der Volks=
und der Kunstpoesie, und fast überall mit gleichem Glück.

Durchweg kam ihm sein eminent historischer Sinn
zu gute. Er war, wie wenige, geübt, das Sein aus
dem Werden, oder vielmehr im Sein das Werden zu
erkennen. Sind wir in der Lage, an der Hand einer
chronologisch feststehenden Geschichte der Rechtsquellen
einen juristischen Satz zu verfolgen und seine Verände=
rung zu beachten, so gehört in der Regel nicht sehr
viel dazu, um das Prinzip der Veränderung zu er=
mitteln. Besitzen wir die Quellen, die ein mittel=
alterlicher Annalist ausgeschrieben hat, so ist es nicht
sehr schwer, sein Werk auseinanderzunehmen, es in seine
Bestandtheile aufzulösen und uns an die ursprünglichen
Quellen statt der vielleicht unter Mißverständnissen
und willkürlichen Combinationen daraus abgeleiteten zu
halten. Schwieriger wird schon die Aufgabe, wenn sich
der Verdacht solcher Ausschreiberei aufdrängt, aber die
ausgeschriebenen Quellen ganz oder zum Theil verloren
sind. Es giebt jedoch Mittel, um auch hierüber annähernd

ins Reine zu kommen, und Müllenhoff hat zahlreiche
Stellen antiker Geographen oder Historiker durch An=
wendung des feinsten und scharfsinnigsten Verfahrens
auf ihre ursprünglichen Quellen zurückgeführt und dem=
gemäß kritisch benutzt. Drang er hier in die Ent=
stehungsgeschichte compilirter Geschichtswerke ein, so war
seine höhere Kritik nichts anderes als ein Versuch, die
allmähliche Entstehung von litterarischen Kunstwerken zu
ermitteln. Aber auch die niedere Kritik, die bloße Text=
kritik verlangt oft ein ähnliches Verfahren: die Geschichte
der Ueberlieferung müssen wir zuweilen aus Hand=
schriften ablesen, die alle gleich gut oder gleich schlecht
sind und uns durch kein äußeres Merkmal das Geschäft
erleichtern, sondern uns allein auf das Urtheil, auf die
Abwägung von Wahrscheinlichkeiten, auf die Beobachtung
des Prinzips der Entstellung, kurz auf mehr oder minder
glaubliche Vermuthungen, verweisen. Müllenhoff hat
auch hierin die schwersten Aufgaben siegreich bewältigt;
und der Tact, der ihn im kleinen sicher leitete, blieb ihm
bei den größten Problemen getreu. Aus den Nachrichten
des Tacitus über die germanische Religion mußte er
herauszulesen, daß die bestehenden Zustände auf einer
weit reichenden Umwälzung beruhten, welche den alten
arischen Himmelsgott entthronte und den Wodan an seine
Stelle setzte. Und so hatte es seine ganze Alterthums=
kunde im tiefsten Grund auf Geschichte abgesehen. Die
innere Entwickelung der Germanen, welche vor der zeit=
genössisch beglaubigten Historie liegt, wollte er erkennen

und anschaulich machen und vertraute darauf, daß es
gelingen müsse, d. h. er vertraute auf die Macht seiner
scheidenden und verbindenden, seiner auflösenden und
aufbauenden Methode; er vertraute auf die Macht der
wissenschaftlich begründeten Vermuthung.

Müllenhoff haftete nirgends an der überlieferten
Thatsache. Er wollte stets über die Tradition hinaus
auf einen höheren Zusammenhang kommen. Er begnügte
sich nicht mit den Einzelheiten, sondern strebte zum
Ganzen. Das war aber auf den Gebieten, die er be=
arbeitete, nur durch Vermuthung zu erreichen, und die
fruchtbare Vermuthung setzt eine wissenschaftlich geschulte
Phantasie voraus. Der hohe Rang, den Müllen=
hoff als Gelehrter einnahm, beruht auf dem
Werthe seiner Hypothesen und auf der Kraft
seiner Phantasie.

Phantasie verlangte er ausdrücklich von dem Forscher,
der die Zustände verschwundener Völker in einem ein=
heitlichen Gemälde darstellen will. Phantasie, d. h. nicht
Phantasterei, sondern die Kraft der inneren Vergegen=
wärtigung, durch welche wir die überlieferte Thatsache
nicht als etwas Todtes anschauen, sondern sie ins Leben
zurückversetzen und sie nach unserer allgemeinen Kenntniß
menschlicher Dinge zu dem seelischen Grund alles Lebens
und zu der Gesammtheit der sonst überlieferten und
lebendig aufgefaßten Thatsachen in Beziehung setzen.

Die Kraft der inneren Vergegenwärtigung machte
ihm auch abgeschiedene Menschen lebendig, den Pytheas,

den Eratosthenes, den Polybius, den Strabo, den Ver=
fasser oder die Verfasserin der Völuspa, den Wolfram
von Eschenbach und Walther von der Vogelweide. Zu
ihnen gewann er ein ganz persönliches Verhältniß, in
Feindschaft und Freundschaft, in Haß und Liebe, in
Verachtung und Verehrung. Wie es ihm im Leben be=
gegnen konnte, daß ihm seine Phantasie die Menschen
plötzlich verdunkelte und ihm Caricaturen derselben ent=
warf, gegen die er sich ereiferte, so fing er den „guten“
Strabo, wie er ihn nennt, einmal zu schelten an, erklärte
ihn für einen Mann von stumpfen, ja groben Sinnen,
von kurzem Verstande, geringer Verschmißtheit und
mäßigem Wissen und schließlich für einen argen Tölpel.
Das Organ der Verehrung war stark in Müllenhoff aus=
gebildet, und das, was er verehrte, hielt er wie ein
Heiligthum hoch. Was ihn an Strabo empörte, war
dessen vorschnelle Polemik gegen Eratosthenes. Und so
hat er im Nibelungenstreite die Gegner Lachmanns statt
der überlegenen Ironie, die vollkommen ausreichte, mit
der schwersten Rüstung des sittlichen Zornes bekämpft.
Er sah und suchte stets den ganzen Menschen und seinen
sittlichen Kern. Das Kleinste hing ihm mit dem Größten
zusammen; und so war auch er selbst in jedem Augen=
blicke ganz. Sein innerstes Wesen erzitterte sofort, wo
ihm ein heiliges Prinzip bedroht schien; und das war
oft der Fall, wenn er in der geringsten Sache etwas
geschehen sah, was gegen seine Ueberzeugung lief. Dieser
leidenschaftliche Ernst, der den ganzen Mann im Tiefsten

aufwühlen konnte und alle seine Kräfte, Gefühl, Ver=
stand, Willen in Gährung brachte, hat ihm manche bittere
Stunde bereitet und seine wissenschaftliche Laufbahn fast
zu einer tragischen gemacht.

Denn war es nicht ein tragisches Geschick, das Werk
eines ganzen wohl angewandten Lebens als Fragment
hinterlassen zu müssen? Die schwere Gründlichkeit seiner
Natur ließ ihn bei der Alterthumskunde nicht aus der
Stelle kommen. Sie zwang ihm eine solche Vertiefung
in die Einzelheiten auf, daß das Ganze, das seinem
Geiste vorschwebte, überhaupt nicht zu Tage trat. Er
mochte wohl theoretisch zugeben, daß der Forscher, der
neue Gedanken einzusetzen habe, diese nicht zu lang
und zu ängstlich zurückhalten dürfe, sondern die Arbeit
der andern rasch zu befruchten habe. Er bestritt nicht,
daß hier die Pflicht des entschlossenen Mittheilens höher
als die Pflicht der durchgängigen Vollendung stehe. Er
mußte anerkennen, daß die mächtig anregende Kraft, die
von Jacob Grimm ausging, zum Theil darauf beruhte,
daß er den Muth des Fehlens hatte. Er räumte bereit=
willig ein, daß die Alterthumskunde, vor zwanzig oder
dreißig Jahren mit einem kühnen Wurfe vielfach unfertig
hingeschrieben, jetzt längst mindestens die dritte Auflage
erlebt haben würde und daß diese dritte Auflage wahr=
scheinlich doch viel besser, als die mit solcher Gründlich=
keit vorbereitete erste wäre. Aber er war praktisch nicht
im Stande, solchen Mahnungen zu folgen; und das letzte
lebhafte Aufflammen seines Geistes, mit dem er sich,

halb erblindet, entschließen wollte, unter Beihilfe jüngerer Freunde endlich herzugeben und zu redigiren, was er habe, und die noch vorhandenen Lücken seines Wissens unbekümmert stehn zu lassen, — dieses letzte Aufflammen ging nur um wenige Tage der letzten entscheidenden Erkrankung vorher, von der er sich nicht mehr erholte

Aber seine Wirkung auf die Nachwelt soll darum nicht geringer sein. Der fragmentarische Zustand seines Lebenswerkes enthält eine Aufforderung zu strenger, weiter führender Arbeit in seinem Sinne. Die, welche nach ihm auf der Stelle zu wirken bestimmt sind, die er ehemals unter uns einnahm, werden sich noch lange als seine Schüler fühlen und seinen bahnbrechenden Gedanken gerne jene folgsame Versenkung entgegenbringen, die jedem zum Heile gereicht, der sie übt, und auf die er gern mit den Worten Lachmanns hindeutete: 'Sein Urtheil befreit nur, wer sich willig ergeben hat'.